# 少年前传

姚鄂梅

著

人民文学出版社

## 图书在版编目（CIP）数据

少年前传／姚鄂梅著.—北京：人民文学出版社，2023
ISBN 978-7-02-018112-4

Ⅰ.①少… Ⅱ.①姚… Ⅲ.①长篇小说—中国—当代 Ⅳ.① I247.5

中国国家版本馆 CIP 数据核字（2023）第 121452 号

责任编辑　黄彦博　王昌改
责任校对　杨益民
责任印制　宋佳月

出版发行　人民文学出版社
社　　址　北京市朝内大街166号
邮政编码　100705

印　　刷　北京盛通印刷股份有限公司
经　　销　全国新华书店等

字　　数　141千字
开　　本　850毫米×1168毫米　1/32
印　　张　10.375
印　　数　1—6000
版　　次　2023年8月北京第1版
印　　次　2023年8月第1次印刷

书　　号　978-7-02-018112-4
定　　价　68.00元

如有印装质量问题，请与本社图书销售中心调换。电话：010-65233595

一

心照不宣似的,自从那件事之后,顶慧仨的群再也没有响过。

昊天妈妈打开手机,子涵妈妈在群里发了一条语音:你们中考都怎么样啊?子涵预估只有700分,这水平只够录个二中,我心都碎了,那么多心血都白费了,养女儿的风险真不是一般人能承受的。好不容易帮她把成绩搞上来,人家年纪到了,情窦初开,一谈恋爱,成绩直线下滑,我已经哭了好几场了,她倒好,一天到晚抱着手机发信息,人家宁可接受所谓男朋友的安慰,也不想看一眼绝望中的妈妈。

又是假绝望真高兴,假抱怨真炫耀。

小素妈妈说话了，这也太豪华了吧？700分还这么难过，我们600多分还活不活了？谈恋爱还能考700分，这是双喜临门，我要是你，我就连夜扛着旗帜出去欢呼。

子涵妈妈没有接小素妈妈的话，而是@起了昊天妈妈，你家昊天怎么样？

昊天妈妈望着手机出神了。咚咚咚，有人在敲门，是昊天回来了吗？


三年前，在净心茶馆，她们几乎每周一聚。

净心茶馆四个字弯弯曲曲烫在一块赭色的原木上，门口挂着一只铜风铃，风吹过来，叮叮当当清越好听。店里客人不多，相比之下，三百米之外的星巴克就热闹多了，这是因为星巴克就在顶慧楼下，而顶慧，生意好到四部电梯都不够用，两年前还因为挤电梯发生过学生家长互殴事件，从那以后，电梯门口就多了几名身强力壮的保安，不停地招呼：学生先上！学生先上！被保安伸手拦住的家长们别无选择，只能暂避星巴克。细看就能发现，这些被逼进星巴克的多是小学生家长，一旦进入初中，家长大多只当司机，把孩子送到顶慧门口就掉头回家，个别留下来等孩子一起回家的，因为学习能力捉襟见肘，无力继续坐在教室后面陪同听课，不得不找个地方混点，一杯咖啡可熬不了两个半小时，于是，不远处的净心茶馆便成了这部分家长的最佳选择。

从服务台左侧往里走，最里间那个卡座，周六下午是她们的专属座位，她们是三个从星巴克"退役"的顶慧妈妈。在顶慧第一次相遇时，三个孩子都还在上二年级（在学校是一年级），孩子们在前面听讲，她们在后面记笔记，同步做题，讲小话，仿佛回到了学生时代，常常下了课还意犹未尽，必须找个地方其乐融融地撮一顿，才能心满意足地解散。她们固守着每周一见的频率，却从没启用过真名，彼此间以昊天妈妈、子涵妈妈、小素妈妈相称，这既是顶慧对她们的称呼，也是自幼儿园以来各级学校对她们的命名，听上去她们似乎成了孩子的派生物，但她们毫无异议，欣然接受。她们三个有个微信群，名叫顶慧仨，为便于书写，把各自的名字瘦了身，变成了昊妈、涵妈、素妈，她们在这里聊天、咨询、分享购物链接和青少年健康食谱，发起各种团购，寒暑假结伴带孩子出游。没有比稳定的妈妈同学更舒服的关系了，它出生时就已经是一棵亭亭如盖的大树，无须浇水，无须施肥，无须预防烈日和酷寒，永远苍翠欲滴地在那里等着你。

她们是以八折的价格将那个包间定下来的，这是净心茶馆唯一打折的座位，原因是这个座位其实是用一个鱼缸隔出来的异形空间，虽然隔音效果不错，且有游鱼可以观赏，但三个女人凑在一起，就算是国家电网，恐怕也难免会遭到砍价的噩运。进来第一天，她们斜着身子，小心翼翼地指着身后的鱼缸，列举出一长串因为鱼缸爆裂而受伤甚至死亡的名单，店里的老板娘让她们换一个座位，她们却不肯，不好意思地说，我们可是五百只鸭子，会把你的客人都吓跑的。三个人你一言我一语，温柔地、撒着娇地围攻老板娘，没几个回合便谈成了净心茶馆第一例打折包间价。接下来是选茶，她们都表示自己喝茶是外行，主要目的还是坐在一起唠嗑，这意味着她们不会因为包间打折就对老板娘抱有内疚之心，不想让老板娘在茶叶上捞回包间损失。三个人只交换了一次眼神，就固定了某种红茶，理由是红茶养胃，养胃就是养颜，凡是养颜的东西理所当然是女人这辈子的不二选择。三个人要坐满两个半小时，自然不能论杯，要壶泡的才够。最终，三个人开开心心地坐着最便宜的包间，喝着一壶最便宜的红茶，享受着最大次数的续水服务。换成别人，老板娘可能会忍不住翻白眼，偏偏她们却混成了净心最受欢迎的客人，看到她们，老板娘就像见到了久别的亲人，殷勤周到不说，常常上了茶还不想走，恨不得在三个妈妈这里蹭个一席谈，不为别的，只因为老板娘也是个妈妈，只不过她的孩子不在顶慧读书，也不在这座城市。

这个老板娘一年前才挤走前任，兴奋就位。对于发生在眼皮子底下的宫斗戏，或者说是阴谋颠覆，三个妈妈兴奋至极，一坐下来就窃窃声讨很少露面的老板，前老板娘虽然矮一点，胖一点，但红活圆实，多么福相，乍一看像刚成名不久的贾玲，他非要换成这个像李小璐的，旺夫不旺夫都不管了。不过，她们很快就发现老板眼力惊人，别看新老板娘长得像李小璐，性子却更像贾玲，见面就笑，一笑就旋出两个酒窝，旋得人眼花。每次她们来，老板娘都在标准套餐之外免费送她们一只小果盘。小果盘可真小，一只梨切成六瓣，三个人一人两瓣。话说回来，前任老板娘连这么小的果盘都没送过，所以长得福相是没有用的，得福在性情上，福在心里。

三个妈妈是同时进来的，这种情况不多，平时总是有前有后。她们带来一只小蛋糕，咻咻笑着直奔包间。老板娘跟在后面奔过去：今天有人过生日吗？需要我去关灯让你们吹蜡烛吗？

你别管，我们闹着玩呢，今天是我们仨相识六周年。

涵妈迫不及待地拆起了包装盒，瘦削的手指又快又准，眨眼间，小巧的 LeTao 芝士蛋糕像只刚出生的小鸡，颤巍巍、毛茸茸裸露在三个人面前。三个人望着蛋糕，一起噤声了几秒，似乎赫然出现在她们面前的并不是个蛋糕，而是裸体维纳斯。

素妈开始拍照，她是顶慧仨里默认的摄影师，每次聚会过后，她都会尽职尽责地将照片发到群里来。她们都喜欢她拍的照片，因为她的照片总是把她们拍得既瘦且白。碰上有道具的，她会拿出拍广告的架势，尽力拍出自己认为最美的照片，比如今天这个蛋糕，她扬言一定要拍出芝士那种湿湿的绒毛感。她常说总有一天她要放下一切，专门去琢磨摄影，但现阶段不行，现阶段的主要任务是赚钱。这两个妈妈唯一让她羡慕的地方，就是不用操心赚钱，别看她们聊来聊去从来不聊自己的男人，那是因为她们的男人像天空一样罩着她们，庇佑着她们，她的头顶却是没有那片天的。当然，她从没告诉过她们，她没告诉过任何人她离婚了，这是她的私事，再说也从来没有人问起她这方面。从什么时候起，人们全都变得矜持起来了，从不过问身边人的私生活。从这个角度说，她甚至有点羡慕母亲那个年代的生活，那时候人们总是对别人家的事情津津乐道，飞短流长的同时，多少也流露出一些关切。有一次她下定决心对自己说，如果以后有人问起孩子爸爸，她就老老实实告诉对方，她早在孩子三岁那年就离婚了。但这个人一直没有出现，连每周在一起至少待两个半小时的妈妈同学都没有问起过。

她听到昊妈在感叹：终于可以避开他吃口独食了，赶紧习惯性地把镜头移了过去。这是几年前在报社养成的习惯，那时她还在一家小报社，经常被通知去开会，会上就是这样，谁发言，就对着谁咔咔拍两张。给昊妈拍照要特别小心，她五官虽然不错，但脸有点宽，镜头要抬高一点，对准她的额头和鼻尖，且不能正面全脸，得四十五度作斜上方拍。昊妈每次收到给她拍的照片，都会大言不惭地夸一句：只有你才能拍出我的美！

涵妈接话了，赶紧又把镜头移到涵妈脸上。

吃独食算什么！自从有了子涵，我就没有出过当天不能赶回来的差，一次也没有，天知道我丢掉了多少好机会！涵妈大概是她们中间收入最高的，但她们有种古怪的默契，从不问她在哪里工作，做什么，她们是根据一条信息做出这种判断的，有个冬天的傍晚，她们刚在顶慧大厦前碰头，一个化着浓妆、绿色露肩礼服外搭着一块黑亮貂皮的女人从路边车里钻出来，她们正奇怪这个妈妈堆里怎么会跑来一只大孔雀，发现子涵也跟在她后面从车里钻出来了，漂亮的孔雀大声冲她们喊：把子涵给我带进去吧！呆若木鸡的两个人才醒悟过来，原来是涵妈。素妈问：你打扮成这样是要去干吗？涵妈不耐烦地说：烦死了！公司开年会，不准请假，马上就到点了，只好穿成这样来送孩子。她走了以后，昊妈感叹：同样是女人，我一次也没穿过那种裙子，我们公司的年会，就是个茶话会，跷着二郎腿嗑瓜子，这两年连茶话会都取消了。素妈安慰她：我连茶话会都没有呢，涵妈的年会也就那几个小时而已，时间一到，就像灰姑娘听到钟声，必须马上把漂亮衣服脱下来，打回原形。那天晚上她们破例没去净心茶馆，她们临时决定去了一家照相馆，经过一番打扮，她们各自拍了一组民国风味的写真。四天后，她们相约一起去拿写真集，昊妈看着自己的照片感动不已：没想到他们能把我拍得这么好看！素妈说：看到了吗？不比涵妈的年会装差！昊妈依稀嗅到了一丝丝别样的情绪，赶紧说：不能跟她比，她是天生的衣服架子。又说：也不能跟你比，你的气质太好了，你是我见到的唯一一个把优衣库穿出了高级感的人。

拍照结束，素妈坐下来，端起她们为摄影师切好的蛋糕，插进她们的话题。你们都别跟我争，我为了小素，连工作都辞了。我以前可是很风光的记者，采访了多少名流。

这不是她第一次提到这个话题，她提一次，涵妈就骂一次：你脑子有毛病！换成是我，赖也要赖在那里，又不是私人老板，是国家在给你发工资，谁不是公私兼顾来着。素妈就势做出一脸软弱的笑：没办法，脸皮太薄了。涵妈还是骂：真是的！谁也不会给辞职带娃的人发个道德奖。

好了好了，我们自己奖励自己。六周年快乐！昊妈举起茶杯。

真快啊！一晃六年就过去了。三个人聊到初相遇的那一年，孩子们第一次被牵进顶慧的数学课堂，进教室前还活蹦乱跳，下课后个个两眼发直。听得懂吗？小脑袋点了，表情却是蒙的。有一天，课上到一半，老师说要期中测试，把家长们请出教室，每个孩子面前发一张试卷，按捺不住的急性子家长，蹑手蹑脚跑到窗边张望，回来一脸窃喜：个个奋笔疾书，很有点大考的样子呢。考试结束，只有两三个小朋友走出来，多数小朋友原地坐着不动。子涵是三个走出来的孩子之一，昊天和小素都在里面木头木脑地坐着，过去一问，孩子突然哭了起来，昊天一个男孩子都哭得稀里哗啦的。

妈妈，太难了！

结果是：昊天30分，小素20分，子涵50分。

那场考试还是能说明些问题的，三个孩子中，子涵到底成绩好一点，小升初的时候进了长尾中学，昊天和小素都只能摇号进入家附近的学校。

那时她们还不知道，一旦进入顶慧，从此再也走不出来了。最近涵妈带来一个消息，说一直读到高中，恐怕还不能离开顶慧，因为有人刚一考完高考，转身就趁暑假在顶慧报了英语四六级的班，去大学报到前，一定要把这些容易考的先考出来，因为大学还有其他更重要的考试。

昊妈心灰意冷地总结道：等于从小学二年级开始，

我们的孩子就同时上了两所学校。

有人还不止呢，子涵她们班有个人在外面上两个数学课，一个顶慧，一个是自己在外面团的小课。一般来说，涵妈的消息总是最新鲜最劲爆，也最打击人，她们既怕她的消息，又盼她的消息，知己知彼，才能百战不殆，可是对方太高级的话，也容易令她们丧气。

有时替孩子们想想，真的很没意思，一天到晚就是作业作业，考试考试，大人上班还能上个网喝个水聊个天，他们被老师看管着，一点都不能走神，回到家又是家长又是机构，亏他们也能坚持下来。现在读个书怎么这么吃力，比我当年吃力多了，我当年读书父母从来不管，也不知课外班为何物。

也不知道这么拼是为了什么，将来还不是跟我们一样，普普通通的人，过着普普通通的日子。

也许是为了自由吧，成绩越好，自由度越大，中考考得好，可以自由选择好的高中，高考考得好，可以自由选择好的大学，然后选择好的工作，然后选择好的伴侣，考得不好的话，就没的选，落到你头上是什么就是什么。

好吧好吧，为自由而战。不管怎么说，今天只吃蛋糕，不谈他们的学习好不好？就一次不谈，天塌不下来。

昊妈找来包装盒，拍上面的购买事项，说她家昊天喜欢吃甜食，等他生日的时候给他买个同样的。素妈说：是十三岁生日吧？我们家也快了，这以后，再也不能把他们当小孩子了。

涵妈也拍下了蛋糕店地址。下周学校春游，给她带这个去，肯定受欢迎。

昊妈睁大了眼睛：这也太高级了吧？我们每次都只带薯片和巧克力，我们也是下周春游，这次准备把巧克力换成可乐，听说可乐更受欢迎。

素妈也表示子涵的学校不可思议。我就准备给她一盒寿司，所以还是子涵的学校高级呀，这个蛋糕可以买几十盒寿司了。

蛋糕算什么，上次春游还有人带歌帝梵呢，每人一颗，上车就发。子涵带的果汁软糖原封不动带回来了，说是有了歌帝梵，她的果汁软糖拿不出手。

昊妈嚷嚷起来：我记得小学的时候，你还让子涵带过烤花生。转脸望着素妈：她家子涵不愿意带，嫌烤花生土气，她就哄她：花生好呀！你看，三粒装的天然独立小包装，便于分享。

哈哈哈，天然独立小包装！亏你想得出来。不过，这也证明那句话没错，长尾的学生，都不是一般家庭的孩子。

那我就是唯一一个误入歧途的一般家长。

你哪里一般了？去参加个年会，打扮得像明星。

这年头，以貌取人早就不灵了，再说那天那身行头也不是我自己的，是我花一百多块租来的，谁没事买那种衣服放在家里呀。

这话一说，两个妈妈立刻高兴起来，问她在哪里租的，除了衣服，还能租到什么别的东西。

什么都有！连结婚戒指都可以租到。真的！骗你们干吗？

是什么人会去租结婚戒指呀！昊妈费力地猜想。

重点不是让你去猜谁租了它，而是提醒你，到底有多少东西是假的,至少不是你看到的那样。

不管怎么说,至少有一种东西是真的,我的孩子是真的,我生下他,一口一口喂大了他。

所以我们才会坐在这里大把大把浪费光阴啊,除了孩子,还有谁值得我们这样。

# 二

昊天提前睡了，比平时提前了二十分钟。

昊妈在收拾扔了一地的湿纸坨，那上面全是昊天的眼泪和鼻涕。她带着它们来到厨房，扔进垃圾桶里，洗手的时候，她感到掌心里还留有孩子颧骨的触感，比小时候硬了好多！这硬度让她心生恐惧，感觉她碰到的不是骨头，而是无言的顶撞，是瞪着眼睛的警告，孩子大了，真的打不得了，可不打行吗？惹的事太大了呀，都惹到校外去了，好好的春游，变成了春祸，她再不打，就是她这个妈妈的失职。

因为天性羞怯，笑起来喜欢抬手掩嘴，昊妈很早便得了文静这顶高帽。但她知道自己骨子里不是那种人，小时候，她可是她家的打蟑螂小能手，手电筒一开，那小爬虫就愣住了，她上去就是一脚，再往死里一蹑，蟑螂就粉碎了。她打蚊子也特别在行，屏住气，盯牢蚊子，猛地出手，快比蛇芯，啪的一下，掌心里，一只蚊子泡在自己的鲜血里。后来她发现被人错误地冠上文静这一特质其实也不错，在男人眼里，文静就等于文弱，就需要保护和照顾，于是将计就计用文弱给自己赢得了一个高大魁梧的丈夫，后来继续发挥文弱的优势，离开了风风火火"不适合性格文静者"的销售工作，进入机关做了办公室文员。久而久之，连她自己都要相信，她真的是个文弱之人了，直到她生下了儿子，长期以来被强行隐藏的另一个我不声不响地探出了头：她打孩子！她竟然是个打孩子的妈妈！第一次听到这个消息时，大家都不相信：她怎么可能打人？她应该连吼都不会吧？她自己似乎也惊呆了，刚才到底是谁抬起她的手，狠狠地朝孩子的脸甩了过去？

其实她家是有打人的传统的，吊大的葫芦打大的娃，尤其是男孩，不打不成才。她几乎是听着弟弟的哭声长大的，弟弟不算调皮，但不知为什么，平均两个月就要挨一次打，每打必仰天大哭，以至于后来，只要听到哭声，她就皮肉发紧，棍棒虽落在弟弟身体上，恐惧却烙在了她的心里。她在弟弟的哭声中愈发乖觉。本以为有了这层恐惧垫底，她怎么都不会打自己的孩子，没想到恰恰相反，留在大脑皮层上的弟弟的哭声，一直在暗暗地诱惑她。

都说父母要一个唱红脸一个唱黑脸，他爸爸块大声壮，如果把打孩子的事交给他，随便动动手，都可能把孩子打出毛病来，加上他本来就不愿管家里那些芝麻小事，他下班晚，工作之外又跟人合伙弄了个有机猪肉店，身兼两任，忙得根本找不到人。如果她这个当妈的不出面建立威信，如何管得住一个见风长的男孩，男孩要是管不住，后果该有多可怕。她得让他知道，妈妈虽然声音不高，力气也不大，打起人来还是蛮疼的。她给自己定了个打人标准：凡是孩子的错，导致他人受伤、受损，或遭人投诉的，必须使用武力，在教育孩子这件事上，唯有武力可以立竿见影。第一次打孩子，还是在幼儿园，他不肯好好睡午觉，还扯旁边女同学的头发，害得人家哭着告状。老师立即把他的行为归了类，升华为骚扰异性。昊天妈妈，这已经是他第三次骚扰女生了！她不得不给他点教训，打了他三下屁股，他哭得死去活来，毕竟是人生第一次。后来，挨打次数越来越多，他反而不哭了。

今天晚上这一顿她打得格外结实，不是拿衣架打屁股，也不是揪耳朵、踢小腿，而是一巴掌扇在脸上，典型的成人式对决。他的反应也出乎她的意料，以往都是默默忍受，这次却像只被侵犯的猎狗，回过身来冲她龇牙狂吠：你就知道打打打！不分青红皂白地打，你干脆把我打死算了。

夜深人静，天上一轮金色圆月。她站在窗前，把窗帘扒开一条缝，好久都没空看看天了，原来月亮还在天上，还是那么亮，那么美，原来眼前筷子筒一般的楼群并没有遮挡住月亮的光辉。这样静谧的月夜，是不是只有她一个人心痛欲裂？

真想把孩子也叫起来，一年难得看到几次这样的月亮。她再次来到孩子床前，闭上眼睛睡觉的孩子，跟白天大不一样，她喜欢在这种时刻偷偷过来打量他，又长又翘的睫毛漂亮得像是假的，挺直的小鼻梁，清晰的唇峰，日子过得真快呀，她还清清楚楚记得他的婴儿时期，肉团团，粉嘟嘟，身上永远干净柔软，散发着迷人的奶香，她一进门，他就张开双臂摇摇晃晃扑上来，温柔依赖的眼睛永远在寻找她，找着找着，就不管不顾地扑上来，亲她的脸。他小时候特别喜欢亲她，有时她禁不住会怀疑，他前世是不是真的跟她有些过节，因为有人说，人小时候多少会带一点前世的记忆。变化来得太快了，不是一点一点地匀速变化，而是一蹿一蹿地更新，他脸上肉少了，初露的骨相显出不屈的轮廓，只有睡熟了，那股子硬铮铮的倔劲儿才勉强缩回去一些，露出孩子的本相来。她想摸摸他的脸，又怕把他弄醒，就在地板上坐下来，靠着床沿痴痴地看着他。

半明半暗中，她隐约看到了今晚那一巴掌留下的痕迹，但愿只是光影效果，万一明天真的带着伤痕到学校，同学们嘲笑他可怎么办？他因此而讨厌她，甚至萌生离家出走的念头怎么办？早知道就不去春游了，跟老师请个假，自己带他出去踏青，起码不会弄出这种糟心事来。

每个打过孩子的夜晚，她都会失眠，但这次格外不同，这次还有额外的恐惧。怎么能在春游时骂那个女保洁员呢？保洁员，又是女的，眼下正在大搞垃圾分类，保洁员格外受到重视，喉咙都粗了不少，是碰都碰不得的人物，偏偏他不知轻重，竟然当面骂了她。那个女保洁员也不是一般人，精得很，又是拍照，又是当场找老师告状，还说要告到教委去，要把这事发到网上去，一个学生，竟然骂一个为公众服务的保洁员垃圾、贱货，这是什么家教？你是哪个学校的？你不说也没关系，有了你的校服，我会查出来是哪个学校的。听听！多有战斗经验的吵架婆。

老师打通她电话的时候，她吓得太阳穴嗡嗡作响，这可是品德问题啊，搞不好会受处分甚至影响升学的。几乎是光速赶到学校，一迭声地对不起，给老师添乱了，同时解释：他不是个喜欢骂人的人，我从来没有接到过关于他骂人的投诉。老师一脸鄙夷：你是来替他辩护的吗？你眼里的昊天，跟外人眼里的昊天，根本不是一个人，你知道吗？她瞬间失去控制，当着老师的面啪地赏了他一个大耳刮子。这才只是风暴的开始，回到家里，她气冲山河，撸起袖子拷问：你什么时候学会骂人了？谁教你的？还是你从哪个地方学来的？他梗着脖子：谁不知道？还用教吗？她一遍遍质问他为什么要骂人家。他像在学校里一样，嘴唇紧闭，坚强不屈，她又是搡又是捶，逼急了，终于吼出三个字：她该骂！她也顾不得姿势了，甩开两只胳膊，风车一般朝他身上抡去，他突然反抗起来，一把推开她，瞪着她喊：

我不过是丢垃圾没投准而已，她就骂我是有娘养、无娘教的狗东西，她那是骂我吗？她是在骂你！她指着我的鼻子骂你啊！

她心里一颤，收住打人的手，哑声问他：为什么在学校里不说明情况？为什么不当着老师的面说？为什么不早告诉我？你是没长嘴还是哑巴啦？

我如果重复一遍，就等于让我来骂你一遍！我长这么大，从来没有骂过我妈！也从来没有别人当着我的面骂过我妈!

她差点号出声来,赶紧捂住嘴巴,这事从头至尾,她打了他多少下啊,她手都打麻了,真希望那些打出去的巴掌拳头,可以呼隆一下全都弹回到自己身上来。她哭着去抱孩子,孩子躲开了。

她躲到一边去打电话向老师解释,老师也很意外,但还是说:我们应该趁机教他怎么化解这种愤怒,硬碰硬的话,吃亏的总是孩子,你知道的,大家总是认为,保洁员是弱势群体,肯定是我们孩子的错,是熊孩子的问题。可是,应该怎么化解呢?讨论来讨论去,只能是克制,忍气吞声,但他只是个十三岁的男孩子,骨头刚刚长硬,雄性荷尔蒙正在蓬勃萌出,有人张口就骂他妈妈,他怎么受得了,当然就爆发了。

她心如刀割,她对不起他,她要弥补,她给他煎牛排,做他喜欢的油煎茄子,手撕包菜,奶油南瓜汤。孩子脸上带着挨打的印痕,垂着眼皮勉强吃了,推开碗,什么也不说,就去写作业,写完作业还要写检查,明天一早要交给教导主任。老师说:万幸还没给出正式的处分，一旦把处分变成文件，就要进档案，对孩子肯定有影响。老师以为是侥幸，老师不知道妈妈打过孩子后立即去了教务处，先下手为强，一进门就抽了自己两个耳光，主任吓得差点带翻椅子。怪我！怪我这个妈妈没教好孩子！主任也是个女人，拉住她，眼睛都湿润了：你放心，我们都是妈妈，我不会太为难孩子，但我们一定、一定要吸取教训，引以为戒。如果她不及时抽自己两耳光，她相信那个主任说不定就宣布下文了。下文很简单，现成的模板，写上百来个字，打印，盖章，就铁板钉钉了，好好的孩子就不完整了。

  洗碗的时候，她又哭了，自己的孩子还不了解他吗？他根本不是熊孩子，他只是雄性特征明显，加上顽皮劲还没褪尽，看上去像个熊孩子而已。孩子赤手空拳懵懵懂懂跑到世界上，别看他欢天喜地，内心是恐惧而孤单的，妈妈不跟他站在一起，还有谁会跟他站在一起呢？为什么道理都懂，一事当前，就是管不住自己呢？人家一批评她的孩子，她就不由自主站到别人一边去了，就想要先"赏他一顿"。也许是小时候洗脑洗多了，父亲老在大家面前念一句话：当面教子，背后教妻。但她到底跟父亲不一样，她"教"过了以后会后悔，悔得睡不着觉，父亲不会，父亲打完孩子会有成就感，觉得自己是个知情在理、会治家的人。

反正睡不着，她检查孩子的书包，书包重得要死，她把书包拎到体重秤上，不多不少，一十九斤。她看到孩子写的检查，夹在明天要交的作业夹里。

……我不该骂人，不该不尊重保护环境净化我们城市的人，没有她，我们将生活在垃圾堆里，生活在肮脏和疾病里，通过这件事，我得出了一个可悲的结论，我不适合参加集体出游活动，不适合太高兴，不适合心情太好，因为每当这时，我就会很兴奋，而我一兴奋，就会得意忘形，就会犯错误，我向大家保证，今后我将不再参加春游秋游，以及任何一种集体活动，以防止我再次失控，做出有损集体荣誉的事情。以后的日子里，请允许我保持适度的孤独……

她很震惊,这检查能过关吗？通篇都像气话,如果不能过关,会不会要他重写？如果他一直都被写检查这件事困扰,会不会厌学？她想替他重写一份,又怕被他发现她在偷看他书包,去年为这种事他们俩爆发过一次大仗,她从他书包里发现了一张字条,内容有点可疑,关乎他与另一个同学的小阴谋。他解释,她不相信。他说,你从头至尾就没相信过我,既然不相信我,为什么还要生我？这话就很重了,她被顶得喘不过气来,内心深受打击,又不想表露,毕竟他还只是个孩子,尤其当他梗着脖子冲她嚷的时候,她眼前总是会飘过他下雨天哭着闹着要去骑车的情景,那时他还小,小自行车两边还挂着两只辅轮。

在床上辗转反侧到四点多钟,终于睡了过去,很快又被手机唤醒,是涵妈发来的消息:早上好！今天下午去净心吗？可以把鞋带到那里去吗？她看看时间,六点过三分,涵妈真够早的,她的闹钟六点二十才会响。

眼睛一睁开,马上又跌回昨晚的心情里,给涵妈回消息都没心思了。她把手机塞回枕头底下，闭着眼睛躺了两分钟，才摸出来，给涵妈回道：

当然去。带鞋过去。

帮涵妈买鞋，是她再三请求才得到的差使，作为交换，她可以从涵妈那里拿到子涵学校里的卷子，昊天的学校差，需要给他"喂点夜草"。

早餐是培根煎鸡蛋、包子、牛奶，天还不够亮，橘黄的灯影下，她把灶火开到最小，缓慢凝固的鸡蛋变成了昊天昨晚写的检查，他们会让他当众念出来吗？她上学的时候，见过有同学当着全校师生的面，朗读自己写的检查，有人念着念着，就哭了出来，还不能停，得哭着念完，念完了再把检查交给老师，然后，那份检查可能就直接递到了管理档案的老师手里。她心头突然响起一个声音：不要让他交检查！不要交任何白纸黑字的东西！

她知道单位那套行事方法，任何交上去的文字材料，最终都要归入个人档案，学校肯定也是如此，虽然教务主任说了不会放大此事，但如果他已经交了，学校应该不会主动替他销毁。她仿佛看到有一只手，正在把昊天的检查插进一只档案盒里，那里面有他逐年考试成绩，以及其他荣誉档案。不行！宁肯多几次口头批评，也不要任何与此事有关的文字材料进入档案。

她放下锅铲，关掉灶火，匆匆出来，打开昊天已经整理好的书包，将昨晚写好的检查抽出来。想了想，又把检查放进了自己的包里。万一学校真的跟他过不去，她就准备直接从单位杀到学校。这个动作让她有了种即将投入战斗的感觉。

昊天的闹钟响了，他闭着眼睛把它按停，但没有马上起床。

她同意他在闹钟响了以后再睡一两分钟，给他的神经一个慢慢苏醒的机会，然后她才去拍打他的脸，摩挲他的头。要起来咯！再不起来就要迟到咯！因为昨晚打过他，现在她自己都能感觉到，她的声音里注入了过多的疼爱。

昊天刷牙的时候,她凑到他身边,小声说:你今天先不要交检查,等他们来催你,你就说忘在家里了,然后你马上给我打电话,我去学校帮你处理。总之,这事交给我好了。

为什么?

我的儿子在学校里只能交作业、交卷子,不能交检查,这是我的原则。

真的可以吗?

你只管专注学习,其他的事都交给妈妈好了。

其实我后来也想通了,是我有错在先,如果我没犯错,她也不会骂得那么难听。

儿子,我告诉你,不要轻易改变立场,是她无礼在先,是她冒犯了你的妈妈,你只不过没有投准而已,又不是故意随手乱丢垃圾,自我批评不要过度,那只会助长她那种人的仇视情绪。

我听见有人说,我的行为是歧视低端劳动者。

什么低端高端,真正的低端他们根本没见过,别听他们的,她那么受尊重,那么有地位,连一个孩子都碰她不得，怎么会是低端劳动者？再说了，你又不是没写检查，只不过忘在家里了，平时还有忘记带作业的时候呢。听我的，他们要是找你，你就说你忘在家里了，这不犯法。然后你立刻电话通知我。

儿子来到桌边，热腾腾的早餐让他暂时忘掉了检查带来的困扰。妈妈做得真好吃！这句话几乎成了餐桌边的程式之一。多么有家教的儿子，这么好的儿子，不能让他去干当众做检查的事，自尊心不是随便好打击的，打击多了，会变得没有自尊心。

吃过早饭，他有五分钟早读，这是她给他布置的家庭作业，英语也好，语文也好，其他别的课目也好，都有要读的部分，要背的部分，早读应该成为读书人的标配。这么听话的孩子，怎么可能是不尊重保洁员的熊孩子，他不仅不是熊孩子，还是一个愿为母亲而战的孝顺孩子。

老公这时也起床了，拿着她扔在床头柜上的手机，一脸不耐烦地说，昊妈？

她一看，是涵妈的回复。一大串表情，再加一句：

谢谢昊妈!

你不知道？我从他一年级起开始，就没用过自己的名字了。她瞪了老公一眼。

在顶慧仁里，她叫昊妈，在其他地方，她叫昊天妈妈。她费了很大劲才习惯这个称呼。她去学校给孩子送落在家里的东西，按规定她不能进校园，只能把东西放在门房间，让门房代她送进去。她认认真真签下自己的名字，门房拿过去一看，扔了回来。谁知道这人是谁呀！直接写某某妈妈得了。从此她开始了漫长的妈妈版签名，直到有一次，她去单位领端午节发的粽子，在表格上签名时，随手写了个昊天妈妈，害得人家财务人员后来追上来要她重新填写真名，还奚落她：昊天妈妈！亏你想得出来，昊天妈妈是谁呀？她忘了自己是谁了。

# 三

顶慧的晚课是六点，六点十分，三个妈妈准时相聚在净心茶馆。

昊妈是最后一个到达的，还没进包间，涵妈就笑嘻嘻站了起来，她看到了昊妈手上的鞋盒。

新款阿迪达斯跑鞋，红白两色，两边有护脚板，涵妈替女儿试穿。不错，刚刚好，很抱脚，穿上它，有种想要跑步的冲动呢。到底是门店里出来的，比我在网上买的质量好得多。

素妈对新鞋子无动于衷。我就奇怪了，为什么小素就是不喜欢这种鞋呢？我看她班上也是，八成同学都在穿这种鞋，就她，一年四季都是回力，夏天浅口，冬天高帮，除了白色就是蓝色。

说明她有个性呀。再说了，回力便宜好多，给你省钱还不好？

省什么钱呀，一双回力最多一个多月，鞋底就踩偏了，就得换，还得不停地洗，最多穿两次就要洗，又不能丢洗衣机里洗，不但不省钱，还费力气。

涵妈抚摸着新鞋说：我倒觉得你应该感到骄傲，这说明她的乐器没白学，把她的艺术感觉培养出来了，她开始有自己的审美体系了。

话是这么说，要是回力鞋能做得结实点儿、耐脏点儿就好了。

我看过一个著名导演的访谈，他提到一个艺术家，说他不管穿多么高级多么昂贵的衣服，总是要配一双又脏又破的球鞋，所以，你不用给她洗那么干净。

小素也跟我说过，说脏一点没关系，还说脏一点反而好看，但我就是见不得她穿一双脏脏的鞋，而且回力鞋太脏的话，肯定臭，那怎么行。

小素从幼儿园大班开始学小提琴，直到现在每天练琴从无间断。两个妈妈问：小素是准备将来去考专业院校吗？素妈连连摆头：她吃不了那个苦，走那条路的话，每天至少需要五六个小时的练琴时间，我对她也没有太高的要求，就像现在这样在乐团里打打酱油就好了。

这个酱油打得可不便宜。

可不是吗？那么贵的学费，再加上买乐器的钱，都可以买辆好车了。

昊妈到底有点心不在焉，隔一会就看手机。早上交代得好好的，但昊天并没有因为检查未交的事打电话给她，放学后问他，说是学校根本没找他要。她简直不敢相信自己的耳朵，难道这事就这么过关了？再一盘问，她就知道不是这么回事，昊天的班主任今天请假，开会去了，所以她一直在等老师的消息，老师开会结束了，肯定会想起这件事来的。

素妈最先发现她不对劲，问她是不是在等什么人。

出发之前，她还提醒自己，悄悄咽下这件事，在哪里都不要提，没想到素妈一问，她马上溃了堤，一股脑儿说了出来。她按照事实顺序，讲兴冲冲的春游，讲老师的电话，讲昊天的"犯罪事实"，讲她当着老师的面用巴掌表明自己的立场，讲当天晚上的回家重审，直到孩子终于说出心里话 —— 为了维护妈妈的尊严，不惜骂了人，把自己骂成了"坏学生"、"熊孩子"。

涵妈把鞋子往鞋盒里一扔：你这是辜负了自己的儿子呀！不分青红皂白就打人，打了又难过，依我看，你这种妈妈才最该打。

素妈也是一脸激愤：我要是你，我明天直接杀到学校去，这是什么老师，也不调查清楚，就处罚自己的学生，跟保洁员发生冲突就一定是保洁员对？什么逻辑？

你也别给她煽风点火了，谁骂了我妈，我就跟谁过不去，学校怎么会认同你这种逻辑呢？在学校看来，你这个妈妈算得了什么？学校的荣誉和脸面才是大事，学校不被点名、不被曝光才是大事，千万别去学校里闹我告诉你，实在觉得委屈，可以跟个别老师私下沟通，还不能跟孩子说，你做得对，你就应该用这种方式维护你妈妈，千万不能跟孩子这么说。

我当然不会跟他这样说。昊妈提高了音量：不过，维护母亲的尊严，这不是一个人的本能吗？难道要让他把这点本能也舍弃？

那也得看时机，现在到处都在搞垃圾分类，你不觉得保洁员都格外有精神了吗？所以你那个母亲的尊严问题先让让位吧，那个保洁员也是个人精，她知道只要她捅出来，舆论肯定对她有利。涵妈突然压低声音：不管用什么办法，先把这事压下来再说。

怎么压下来呢？我一点办法也没有，一个大人物也不认识。

不需要认识大人物，这种小事，找大人物反而不管用，你就自己去找那个教务处主任，只要不进档案，怎么处理都可以，你不是说她也是女的么？应该也是个妈妈，是妈妈就会有共鸣。她又不是钢铁做的，动点脑筋，直接一点，诚恳一点，应该可以拿下来的。是谁说过，为了生存，为了孩子，做什么都不为过。

三个人突然沉默了。

过了一会，昊妈幽幽地说：真的只有我一个人这么想吗？我儿没有错，他真的没有错，一个人维护他的妈妈，放大了说，就是爱家，就是爱国，这种爱，有错吗？

在你这里当然没有错。

三个人的手机依次响起，话题被迫中断，是顶慧发来的随堂测成绩。这次三个孩子中，只有子涵是满分，小素85，昊天70。昊妈顿时红了脸，眼泪都快出来了。

完蛋了！都是这事闹的，他一分心，成绩就下降，这样下去，岂不是把孩子毁了。

两个妈妈一起安慰她，一个小小的随堂测，不要上升，不要夸大，回去补做几题，过了关就行。似乎是为了转移话题，涵妈突然说：你们不觉得这是顶慧的营销手段吗？故意降低难度，让我们以为孩子进步了，以为他们的教学质量提高了，哄骗我们乖乖地向他们交学费，一年一年持续不断地交下去。

那没办法，总是要找个地方交学费的，不交你能放心？现在就没有不在外面报班的学生，连我家小素都说，现在不给我们报几个班似乎就不能证明你们是亲妈似的。

大笑中，素妈继续汇报自己的女儿：她现在可毒舌了，还开始爱上了咖啡，说什么喝了咖啡我就精神了，我精神了，我妈就快乐了。

昊昊倒不喝咖啡，就是离不了可乐，说可乐特别提神。

中间，素妈起身去接电话，涵妈突然对昊妈一笑：她家小素真是太有个性了，小学讨论自杀，初一喝咖啡，不管怎么说，我是不赞成让孩子去冒这个险的，平庸一点都无所谓，要给我安安全全过一生。

昊妈想说，就怕平庸也不安全，像我家昊天，人家春游欢天喜地，就他惹了个大麻烦回来。话到嘴边又忍住了，她到底不甘心承认自己的孩子是平庸的，尤其在时时处处碾压他的子涵面前，有素妈在，她还可以自嘲一番，素妈一走她就不敢了，生怕自己一不小心一语成谶。

我怎么感觉小素可能会早恋呢？涵妈继续说。

就因为她讨论生死、喝咖啡？不一定哦，会咬人的狗不叫。

这是什么比方？

两人哈哈一笑，正要深入下去，素妈过来了，满面春风，告诉两个妈妈，小素之前参加的一个弦乐比赛获奖了，虽然只是个二等奖。

两个妈妈一起向她祝贺，素妈也不谦虚：来得正是时候，好久都没有好消息了。

可惜了，琴拉得这么好，又不搞专业。

素妈放下刚刚端起的茶杯：这话可不要让小素听见，我曾经提过一次，她直接罢工三天不练琴。她说她恨小提琴。

恨还拉得这么好，要是喜欢，那还得了？


数学课。

数学老师是哈工大毕业的，数学老师说他的爸爸也是数学老师。数学老师有一张沮丧的脸。

我很同情你们，其实中考不会考得这么难，你们之所以跟着我学，是为了把别人甩在后面，甩得越远越好。有个道理不知道你们明白不明白，你把别人甩得越远，其实离别人越近，因为世界是圆的。举个例子，我当年也是数学相当厉害的学生，就因为数学好，我去学了数学专业，然后又在这里教你们数学。前几天我碰上了我的初中同学，她在顶慧做清洁工，我们激动地相认以后，她就把她的正在顶慧上数学课的儿子托付给我了，说实话我很不愿意教他，因为我发现把数学学得那么好一点意义都没有，就说我这个同学，她只读了个初中，但阴差阳错她跟我这个读了哈工大的人做了同事。这就是我刚才给你们讲的那个理论，你把别人甩得越远，其实离别人越近。当然，我并不是说你们不要学数学了，我的意思是，没必要跟数学死磕，也不要轻率地做出学数学的决定，如果在三十岁以前还不能有所建树，学数学的人基本上只有一条出路，那就是去当数学老师。事实上，三十岁之前在数学上有所建树的人，其概率小到我们几乎无法读取。

老师，可以进入正题了。一个严肃的女声响起。

昊天知道这个声音是谁发出来的，他往右边侧过头去，正好子涵也朝他这边看过来。他们懂得彼此的眼神，昊天并非在谴责子涵对老师的抗议，相反，他是在赞许她的勇气。很多人不知不觉就中了沮丧老师的毒，变得无精打采起来，只有子涵是清醒的，她不想被老师带进沮丧之河。

在他们三个从小学二年级就开始在一起度周末的好朋友中，小素自始至终是个灵活有力的配角，常常因为一句漂亮的台词，把子涵和昊天乐得东倒西歪。比如此时，她突然朗声说：

老师，还是不一样的，哈工大毕业生的工资，比清洁工的工资要高很多吧。

全班爆发出震耳欲聋的笑声，笑得小素莫名其妙：我只不过说了句实话，你们为什么笑成这样？

笑声渐渐零落下来的时候，老师苦着脸对小素说：多谢你居然还能想到工资这回事，其实，我的工资并没有比她高出太多。

子涵再度提出抗议：老师，你今天还上课吗？

当然！老师转过身去板书，边写边说：多年以后，你们会回想起今天的数学课堂，会认识到，遇到一个动不动就说点题外话的数学老师，其实是人生一大幸事。

下课了，他们三个照例聚到一起，子涵说：要不是看在他课还讲得不错的分上，我就去顶慧举报他。

关你屁事！言论自由。

那是我们的上课时间。

讲点题外话是为了提神，那是他的上课技巧。再说，他也没耽误教学进度。子涵我看你还是别卖弄你长尾中学的优越感，你看看谁在周末还穿校服？就你，整天穿个黄皮，像一坨屎，生怕人家不知道你是长尾中学的。

长尾中学的运动外套是亮丽的明黄色，子涵穿着这样的外套坐在教室里，的确很扎眼。

子涵骄傲地晃晃身体：我知道你在为你的学校感到自卑。

放屁！我很喜欢我的学校。昊天说这话时，语气有点虚，因为他马上想到了春游事件，在这件事上，他的学校没有站在他这一边，这伤了他的心。

小素伸手摸了摸子涵的校服：质地还是不错的，是全棉，不像我们的校服，化纤成分很重，太阳底下会发光，会烫皮肤。

子涵得到声援，得意地冲昊天哼了一声。

似乎是为了平衡，小素马上离开子涵，抓起昊天的书包。今天带了什么吃的，赶紧贡献出来。

昊天的书包里总是有吃的，小素很快就搜出一包山楂饼，三个人你一片我一片地吃起来。

下课后你们想自己回家吗？昊天问。

两个女生莫名其妙。

其实我们完全可以自己来回，不用大人接送。

你想让她们失业？还是把这个机会继续留给她们吧，不然她们会很失落的。

经过多年的斗争，我总结出一条经验，你越示弱，对你的管束就越少。

小素对着子涵瞪大眼睛：你有吗？我才是被管束得最厉害的那一个，我的作息表都是按小时排的。你知道吗？小时候，为了让时间过得快一点，特别是练琴的时候，悄悄拨快过闹钟，我妈一次也没发现过。

那你妈真是太糊涂了，我妈都是在自己的手机上控制我的。

我妈就是个典型的马大哈，告诉你们一个秘密，不许说出去哦，她跟我爸离婚了，却骗我说，是为了精简家务，才跟我爸分开来住。我也不想揭穿她，反正他们离不离婚，我都无所谓。

子涵说：真羡慕你，放学回家只有一个人盯着你，我可是被全家人盯着的，我妈要是出门，就会对外婆说，妈你帮我盯着她点。

昊天也说：其实我跟小素差不多，平时我也只有我妈盯着我，我爸不管的，不过我爸要是管起来就不得了，那多半是在我妈完全搞不定的情况下，不得已把矛盾上交，那情景真是，风雨交加，雷霆万钧。你们肯定没见过。

我妈从来不打我，她的办法就是装可怜、装难过、装尴尬，弄得我反过来要安慰她，要为了她而做出改变，你们不知道她这招有多狠，昊天你那顶多就是一点皮肉之苦，我妈这招直接诛心。

昊天拍了拍小素的肩：放心，以后她再诛你的心你就告诉我，我来对付她！

哦！哦！子涵阴阳怪气地叫起来：看我闻到了什么味儿啊？

昊天瞪了子涵一眼：你叫什么呀叫什么呀？我对你的关照还少吗？上次你挤不进电梯是不是我把那个家长请出去换你进来的？

子涵白了他一眼，不吭声了。

说真的，今天下课后我们三个人偷偷跑吧，凭什么呀？我们在这里辛辛苦苦地上课，她们在那里喝着茶聊着天，下了课还要向她们展示又聪明又勤奋又听话的乖孩子形象？

说得有点道理对不对？两个女孩对望一眼，兴奋地笑起来。

就这么说定了，一下课我们就往地铁站冲，抢在她们截住我们之前，我会把你们一个一个先送到家，我最后一个回去。碰上坏人也不要紧，我知道怎么对付他们，我笔袋里有美工刀，那可是了不起的凶器，一家伙下去，颈动脉就断了，两分钟之内人就完事了。

两个女生张大嘴巴：啊？你要杀人呀？我们还是跟她们一起回去吧。

我是说，如果碰上坏人的话。

很快，小素反应过来。得了吧，坏人都很厉害，哪能被你杀死？你能杀死的人，估计不是老弱病残就是老弱病残，如果你连这样的人都敢杀，那你就是欺负弱者的人渣。

上课啦上课啦！一脸沮丧的数学老师端着水杯走了进来，同学们纷纷回归座位。

昊天想抢着把话说完，他捡起桌上的食物碎屑，对小素说：人渣跟饼干渣的成因可能是一样的，都是边角废料，都是被遗弃的，被抛弃的。

沮丧脸数学老师鼓了两下掌：昊天同学，不错！精辟！

# 四

这一年多来,素妈清楚地感受到了女儿的变化,她在顶慧仨里的描述其实还是轻描淡写了,照实说的话,非把那两个妈妈吓到不可。小学毕业那年她就发现女儿开始留意自己的穿着,因为长得又瘦又高,成套的校服总是不太合身,只能把上装和下装分开买,小素自己定下的尺寸是,上衣要比正常尺寸小一个号,裤子却要大一个号,加起来就差了两个号,这使她的腿看上去比谁都长,走起路来有点跩跩的感觉。老师叫住她,疑惑地打量她的衣服,她抬起胳膊在老师面前转圈圈,老师竟也挑不出什么毛病来。到了周末,她是怎么也不会再穿校服的,尽管课外班一个接一个,忙得吃饭的工夫都没有，她还是兴冲冲的，与其说她喜欢上课外班，倒不如说她是喜欢脱下校服换上自己喜欢的服装，那都是她自己从网上淘来的。

五年级开始，她允许小素开立了自己的网上购物账号，为此她在一篇作文中盛情夸赞了自己的妈妈：我的妈妈是世界上最可爱最狡猾的妈妈，我很小的时候，就有了自己的钱包，它大大方方躺在我的抽屉里，并不需要藏起来，我可以在她设定的限度内，自由使用钱包里的钱，而不必每次都向她讨要，我可以去买蜡笔，买巧克力，买泡泡玛特里自己看中的任何东西，幼儿园大班的时候，我拿着自己的钱包去了乐器店，买了我认为形状最优美的小提琴，我妈妈在一旁说，考虑清楚，不许退货，也不许冷落它。我满口答应，那时我还不知道她的警告是什么意思，等我终于明白的时候，已经迟了，我已从一名小琴童被折磨成了大琴童。这时我才明白，她那么早就允许我拥有自己的钱包，可能就是料到我会有买小提琴的这一天。如此说来，她真是狡猾透顶。

她喜欢小素这篇作文，她不在乎自己在孩子眼里可爱不可爱、狡猾不狡猾，她在意的是，小素意识到她是有自由的。她的用心没有白费，当小素连话都还说不清的时候，她给她梳小辫，总是记得给她挑选皮筋的自由。吃饭也有自由，洗澡也有自由，只要是有选择余地的事情，她都给她自由。

很多妈妈都不赞成在用钱方面给孩子自由，但她觉得，只要管理得当，让孩子从小学会用钱也是一桩本事。每月的零用钱，加上过年过节收到的红包，小素手头从不拮据，但她从不乱花钱，在遵守消费限额方面，孩子比大人要自觉得多，总是在快要达到限额的时候，死死守住，从不越雷池半步。她有一款叫洛丽塔的裙装，很多花边，很多蕾丝，下摆像宫廷装一样高高蓬起，色调妩媚又清新，美得没有烟火气，再配一双洁白的中筒棉袜，走在路上，人人都投来惊羡的目光。这样一套衣服，她用了好几个月限额才零零星星买齐，也就是说，将近半年的日子里，为了配齐这套装备，她在别的方面一分钱都没花。

小素第一次穿上洛丽塔从卧室走出来时，她惊呆了。

难道你要穿戏装上街?

你觉得好看吗?

这不是生活装束啊。

那你觉得好看吗?

会不会太夸张了呀?

你就说好看不好看吧。

好看是好看的,但是……

我才不管但是不但是呢,好看就行了。

她围着女儿看来看去,半天才说:也行吧,既没有暴露身体,也没有妨碍谁。她就是觉得奇怪,一个处处追求极简风格的妈妈,怎么会养出一个恨不得把所有花边与蕾丝都堆到身上来的女儿。这让她不安,也让她兴奋,引人注目有什么不好?总比活得像个透明人好,何况,那衣服的确漂亮,娇弱,清新,可爱,不沾人间烟火。更何况,那套衣服真的很适合她,她是怎么知道自己适合那种风格的?直觉?那也太准了吧。

差不多整整一年时间,一到周日,小素就换上她的洛丽塔,再背上沉重的书包,她在后面跟着,偏过来偏过去地打量，觉得又古怪又好笑。

顶慧里的数学老师似乎对小素的着装非常不感冒，尤其当她数学课上表现不佳时，老师总会刻意瞥两眼她的裙子，好像那些裙子才是她做错题的罪魁祸首。不过小姑娘根本不受打击，说这里成绩再好也没用，我们班就有人机构里的数学满分，学校数学只得70几分。

内心深处，她对小素这股满不在乎的劲儿还是很欣赏的，她坚信这种性格的孩子，不会动不动就跳楼。要说失败，动不动就跳楼，难道不是最大的失败吗？她在净心茶馆里对两个妈妈说得轻松，什么小学时就讨论自杀的话题，实际上那正是她的良苦用心，她就是要把人生路上的险坑都给她标记出来，让她老远就能看见它，从而知道如何避开它，而不是莽里莽撞扑上来，毫无防备地栽个大跟头，再也爬不起来。第一次死亡教育是一钵盆栽，她带着小素去花店，让小素自己挑了一盆，搬回家，叮嘱小素按时浇水，没过几天，小素忘了这事，她故意不提，等到植物快要枯死的时候，她把小素叫过来，让她看它死亡的样子，小素哭得很凶，她告诉她：

花儿得不到你的照料，就得死，人和植物是一样的，如果你得不到我的照料，没饭吃没衣穿，没人给你洗澡，你也会活不下去。小素有个习惯，总是忘了喝水，从学校回来，早上带出去的水杯还是满满的，听到这话，她紧张地问：哎呀，我会不会快要死了？她很严肃地告诉她：一天不喝水不会马上死，但如果连续五天不喝水，那是肯定会死的。其实她也不知道五天这个数字准不准确，但她知道，权威需要精确的数据佐证。然后她还虚构了一个姐姐，虚构了母亲的死亡原因。她说小素，你知道外婆为什么会出交通事故吗（实际上母亲死于心脏病）？接着她现场给小素编了一个故事。我有个姐姐，她比我漂亮，比我招人喜欢，十八岁的时候，她的男朋友喜欢上了别的女生，她试着抢回来，结果没能抢回来，她就跳楼自杀了。母亲听到这个消息，当场晕倒在地，等她终于见到姐姐的遗体时，人们发现她反而很安静，过了好久人们才发现，母亲的眼睛突然看不见了，耳朵也听不见了。她在黑暗与寂静中活了几个月，有一天，趁身边没人，她摸索着走出去，没走多远，就被一辆车撞飞了。小素泪流满面地听完这个故事，默默地拉起妈妈的手，轻声说：放心，等我长大了，我才不会因为男朋友爱上别人而自杀的，一个人自杀，等于同时也杀了自己的妈妈。

外面的安全教育都太表面了，太常识化了，太教条了，太像老师布置的作业了，她得用身边的具体事例触动孩子，让孩子明白生命很脆弱，你有多爱惜生命，你的生命就有多值钱。所以她会问小素体育课的情况，跑得动吗？吃力吗？实在跑不动就不要硬撑，尽力了就好，不要勉强自己。进入初中后，作业多了起来，常常过了十一点半还没写完，她会强行让孩子放下笔，收拾书包去睡觉。睡不好觉，你明天的效率就会降低，你会失去更多。

结果有一天小素回来说，妈妈，你太佛系了，我同学没有在十一点半之前睡觉的。

她不屑地哼了一声：睡不好的孩子长不高、长痘痘、长肉肉。小素恍然大悟：好像真是这样哎，那些晚睡的人。

她没有告诉孩子她的真实想法，不到关键时刻，不要把弓拉满，如果长期拉满弓，关键时刻就没有爆发力。这些道理，她永远不想说出来，说出来就是说教，就会惹恼孩子。一定要琢磨一个孩子乐意接受的说法。

至于她自己，她自信她是常年拉满弓的状态，为此她简化一切家务，包括做饭洗衣，她常常说，生活中她最感谢的是洗衣机，其次是外卖员，难以想象没有洗衣机、没有外卖员，生活会是什么样子。孩子从学校回来，对她说：妈妈以后我们要少点外卖，外卖不环保。她会毫不客气地怼回去：少来！我才不会正写到兴头上却命令自己停下来去买菜做饭，如果我都不能吃饱穿暖，哪有力气去搞环保？辞去记者工作后，她回家做了一名自由撰稿人，这个家的一切都靠她的文字一笔一画撑起来。

没有人能明白她的焦虑与沉重，她可能一天只工作六个小时，但剩下来的十八个小时都在为这六个小时做准备。幸亏她用笔名写作，不管是家人还是朋友，都不知道她写了些啥，写得怎样，否则她的焦虑会更加厉害。她不看重那些文字，对她来说，写字，跟送外卖差不多，她只在乎结果，在乎那些文字的单价和总价。

有一天，小素问她：妈妈，你属于那种嫁得不好的人，对吗？

她心里一惊，表面上还若无其事：每个女人都要做好嫁得不好的心理准备。

我根本就不想嫁。

这么想的好处就是，一旦你意外地遇到那个对的人，你会感到无比幸福。

对于那件最最重要的事，她是这么对小素解释的：为了简化家务，我搞了一次重大改革，我把你爸爸分出去了，因为他带来的家务实在太多了。只有我们俩的家，家务少了很多，我也轻松多了，想什么时候做饭就什么时候做饭，想什么时候睡觉就什么时候睡觉，想不洗衣服就不洗衣服，厨房里常年堆五种以上的水果也不会有人再嘀咕她，一天收好几个包裹也没人表示不满。

除了小素以外，她从没把这场变革告诉任何人，包括净心茶馆里的两个妈妈，她知道她们不会认可她的生活方式，特别是子涵妈妈，优秀的母亲，优秀的女儿，更让她不想透露自己的暗中较劲。否则就会遭到嘲笑。有时她回到家里,想到自己在茶馆里的表现,会忍不住笑出声来。你真会装啊!

她唯一的强硬表现在一件事情上,除非有意外,她要求小素每天必须练琴四十五分钟到一个小时。最初,小素是喜欢练琴的,哪怕拉出来的声音比杀鸡还难听,后来,声音好听点了,她反而不喜欢了。她的"育儿科学"告诉她,凡是这种时刻,就是孩子意志最薄弱的时刻,也是她该出面的时刻,乐器只是个道具,真正锻炼的是意志力。当然,最终能拉一手动听的小提琴,也是人生一大美事。


从顶慧回来的路上,小素向她伸出右手无名指,关节红肿鼓突。

体育课上打篮球搞的,老师说,这叫吃萝卜。

这得几天才能好啊?她皱起了眉头,这样一来又不能练琴了,不过,孩子也不是故意的,更不是假装的,手都这样了，疼得很呢，再大的不开心也只能忍下来。

小素为沮丧的妈妈贡献了一个神秘兮兮的小情报。

妈妈，跟你说件事哦，昊天说他知道怎么杀人。

他要杀谁？素妈一惊，几乎立刻就猜到了那个目标，但她还是想听小素说出来。

他没说，他只说他知道怎么杀人，他说只要一把美工刀，轻轻一拉，颈动脉就断了，那个人根本没有办法呼救，因为发不出声来，两分钟之内就完事了。

还完事呢！小小年纪，干吗说这个？估计也就是搞搞噱头，吸引人家注意，小男生最爱玩这种把戏。

话虽这么说，素妈的手已经不由自主地摸了摸手机，她真想现在就给昊妈打电话。当然不行，得等小素睡着了以后。

十点多的时候，她看了看还在写作业的小素，实在忍不住，给昊妈发了个信息，告诉她，晚一点要跟她说件事，让她先别睡着了。昊妈飞快地回了：哦哦，我等你。

几次磨蹭到小素背后，想从她嘴里多套一点关于昊天的消息，又担心自己表现得过于关注这事，适得其反。

小素终于要去洗澡了，通常她是洗了澡就上床，留下妈妈去收拾一塌糊涂的卫生间，这天她把程序略作调整，小素还在冲澡，她就在旁边收拾开了。

不许看我！小素嚷道。

谁要看你，我自己又不是没有身体。

是你自己说的，你的身体没我的好看。

切！现在好看算什么，有本事像我这个年纪还保持现在的样子！

我会的！

我会记住你的话的。对了，昊天提到杀人，是故意在你面前哗众取宠吧？难道他想在你这儿**蠢蠢**欲动？

**蠢蠢**欲动一直是她们母女间的暗语，她想以此营造气氛，趁机从女儿嘴里套话。

他不会在我这儿**蠢蠢**欲动的，他不是我的菜，我也不是他的菜，他宁肯喜欢子涵也不会喜欢我的。

这是什么意思？他真的在喜欢子涵吗？

你听得懂现代汉语吗？我那是在假设，在我们两个人当中二选一的话，他宁肯去喜欢子涵，也不会喜欢我。

因为我这个人，怎么说呢？我大概是个无性别者。

哈哈哈！她一下没忍住，狂笑起来：你本来就还是个无性别者，完全彻底一个搓衣板儿童。

小素不笑，也不在乎妈妈的嘲笑，一脸严肃地从淋浴间走出来，站在镜前打量自己的身体。哼！就算是搓衣板，也比胸前挂两坨肉好看。她望着镜子里的自己说。

我不知道好不好看，因为你不让我看。她背对着小素。

得了吧，你早就偷看够了。你像我这么大的时候，身材也是这样吗？

那我真不知道，因为我像你这么大的时候，卫生间里没有这样的镜子。说真的，昊天说他要杀人，你没阻止他？

我当然阻止了，不过不是你们那种方式。我说，连你都能杀死的人，肯定是比你更弱的人，如果你连一个弱者都不放过，那你就是人渣。

骂得好！他什么反应？

没反应，哦不对，接下来就上课了，然后就放学了。

等小素上了床，戴上眼罩，呼吸慢慢平稳下来后，她悄悄来到客厅，拨通了昊妈的电话。

我不知道该不该提醒你，如果是我想多了，你就当我什么也没说。

她这样一开头，昊妈陡地紧张起来。待听完原委，反而松了一口气。

没事的，以前他在家里也这么对我说过，被我狠狠教训了一顿，看来还是没汲取教训。我觉得他可能就是想在女生面前抖威风，你看，我敢这样！其实他没那个胆子的，别看他长得人高马大，胆子小得很，去迪士尼玩极速光轮都不敢睁眼睛。不过，我真的很感谢你好心提醒我，我会密切关注他的，这个年纪真的要看紧一点。谢谢你这么贴心地告诉我。

这是什么话，我们不是约好了三个孩子三个妈嘛！我们不是"共进盟"的人嘛！

当她们的孩子还在上小学的时候，三个每周一见的女人就彼此约定，三个孩子中，任意一个孩子犯了错，或者有什么犯错的迹象，三个妈妈中的任意一个都有权指出来并制止，而不一定非要等到孩子的亲妈上阵，她们给这个小团体取名共同进步联盟，简称"共进盟"。好几次，素妈提议把她们三个的微信群从"顶慧仨"改成"共进盟"，都被涵妈打断了。低调低调！涵妈说：万一哪天我正在开会，"共进盟"三个字冷不丁跳出来，人家还以为我加入了什么组织呢，还是"顶慧仨"好。

素妈提醒她先不要告诉昊天爸爸。她印象中昊天爸爸比较暴躁，万一他听得不顺耳，想要亲自教训一番儿子就糟了，毕竟事情还没发展到那一步，提前干预得讲点技巧。

不会不会，我们家有分工，家务问题，孩子问题，都是我的，他从不插手。

很多人都是这样，都是女人的事！都是妈妈的事！男人呢？孩子又不是女人一个人生出来的。

男人在挣钱嘛。

难道女人没有挣钱？女人也是每天都要上班的人，有些女人还挣得不比他们少。

男人是国王，女人是首相。

首相什么都能摆平，真的还需要一个屁用都不顶的国王吗？

平时是不需要，一旦他们想出轨的时候，我们就会需要了。

这样说笑一通，能让她们精神倍增。素妈把窗帘撩开一条缝，打量着深沉的夜色，内心充满做了善事以后的愉快感。别看昊妈刚才笑得那么开心，电话一挂，那头不知会有怎样一番动乱呢。不管怎样，她有义务把这样的信息在第一时间传达过去，万一明天就是昊天带着美工刀出门的日子呢？至少她的电话可以提醒昊妈把孩子的美工刀藏起来。

养男孩果真比养女孩操心呢，幸亏她对小素一向没有太多清规戒律，哪里有压迫哪里就有反抗，为了防止他们反抗，平时就要一点一点有计划地放料，什么成年以前不能谈死不能谈性不能让孩子见识丑恶的东西，她根本不相信那一套，打个比方，既然那些变态们把年幼的孩子作为目标，为什么母亲对孩子的防范教育要放在成年以后呢？反正她是不想在电视里看到亲吻的镜头就捂上孩子的眼睛的，她甚至告诉小素，如果有男生给她写纸条，表达想要交往的愿望，首先要感谢那个男生对你的肯定，然后才能清晰明了地告诉他你的想法，愿意或者不愿意。她发现小素在听这种劝告时非常认真，然后她会不屑一顾地告诉她：你放心，我们班的男生，我一个也看不上，他们全都是小屁孩。她点头：对！不要轻易在一个小圈子里被人征服，否则，一出这个圈子你就会后悔的。

如果昊天是她的儿子，她相信孩子绝对不会发展到想要杀人的地步，孩子这是积攒了多少怨气压抑了多少愤怒啊，这些东西无非是大人一点一滴塞给他的，塞给他又不帮他疏通，怎么可能不出事。

# 五

昊妈完全不紧张素妈的电话，到底是女孩的妈妈，一点小事就大惊小怪，杀人这类字眼，在一个男孩嘴里，根本不是忌讳。不过，她还是轻轻拖出昊天的书包，把美工刀从他笔盒里拿了出来。

这不是昊天第一次说要杀人，从他爸爸跟朋友合伙办了那个有机猪肉店以后，杀这个字就成了他们家的高频字眼，她提醒过孩子爸，回家后少说几个杀杀杀，孩子爸不屑一顾：别听那些屁话！别把我孩子养得女里女气的。他说这话是有原因的，有一次，她买回几条鳝鱼养在桶里，做饭的时候，昊天非要跑到厨房来看她杀鳝鱼，一条没杀完，他就大叫着跑开了。妈妈你怎么能这么残忍！并且坚持不肯吃她做的鳝鱼丝。这样的孩子怎么会去杀人呢？

但她不能告诉素妈孩子爸爸在跟人合伙开猪肉店，就算是第二职业也不行，一说出去就会变形，就会变成"他爸爸是卖肉的"，她吃过这个苦头。其实他们家，多亏了这个店，如今，这个店已经从一家变成了三家，昊天爸爸已经跟他的朋友做出规划，要让他们的有机猪肉店覆盖全市，继而覆盖全省，乃至全国。

这一晚又没法好好睡觉了。她翻了个身，把枕头也翻了个个儿。每次睡眠有障碍，她都觉得是枕头的原因，就想着明天该去买个什么样的枕头，荞麦枕？记忆棉？乳胶枕？决明子？羽绒？一个个枕头纷至沓来，在她眼前跳着枕头舞。哎哎别想了，再想明天真的爬不起来了，爬不起来就要连累孩子迟到，孩子身上本来就有一桩案子未结，千万不能再让老师抓到新的辫子。

正在迷迷糊糊，一个女人来到她面前，扫帚往地上一杵，一只手直直地指着她：说的就是你，有娘养无娘教的东西！顿时吓醒，心脏狂跳，两耳嗡嗡作响，这是什么意思？那个保洁员，她已经把孩子害得这么惨了，还不肯放过吗？看样子她也是个母亲吧，一个母亲为什么要对一个孩子这么狠？

冥冥之中似乎有个细微的声音在提醒她，为什么不在保洁员身上想想办法呢？她陡地清醒过来，当天就该想到这一点呀！当妈的亲自出面去找那个保洁员，道歉，求情，送点小礼，让她放过孩子，事情可能就压下来了，就算当天不做，第二天都还来得及，只要保洁员主动撤回投诉不再追究，应该就没事，至少不会持续发酵，结果她什么也没做，真是蠢啊。

那个保洁员应该好打听的，起码能查出是哪个区哪个街道的保洁员，她躺不住了，翻身坐起。不知学校有没有记录，既然是投诉，应该会留下姓名吧，明天一早就去学校问问。等等，理一下顺序，应该先去学校打听保洁员的名字，还是直接去查那个景点隶属哪个居委会、再想办法查保洁员的名字呢？这么查起来，可能动静会闹得有点大，要是班主任那里就有保洁员的联系方式就好了，对，先问问班主任再说。

第二天，孩子刚一出门，她就给老师发去了信息，然后就一直关注手机，上厕所都把手机放在伸手可及的位置，生怕错过老师的回复。然而老师一直没有回音，她也不敢追问，老师在家长会上郑重其事地交代过，早上七点以前、晚上七点以后，不是特别重要的信息，我都不会回复，早上七点以后、晚上七点以前的消息，也有可能不回复，因为我可能正在上课。

一直盼到中午，老师的消息终于来了：昊天妈妈，我帮你问了教务处，我们学校对那个保洁员的情况一无所知。

白白激动了几个小时，她本来还在想，见了那个保洁员该怎样说才能打动她，让她撤回投诉，原来不过是独自吹了一上午的气球，刚一拿到太阳底下，就噗的一声破了，碎皮子灰溜溜撒了一地。

只能等事情自然落幕了，只能关起门来任人宰割了，不过现在还有一丝丝门缝，昊天的书面检查还是没有交上去，应该不会是学校忘了吧，她从中琢磨出一点希望来，幸亏她聪明了一次，没让孩子老老实实把检查交上去。

快下班的时候,她从昊天的电话手表上看到,昊天已经到家了,就打了个电话回去,问他:水果吃了吗?水喝了吗?今天学校有没有什么别的事?她真怕他汇报出个什么事来。

妈妈,我们家好像没有美工刀了。

没事要美工刀干吗?她心里啪地炸了一声。

上美术课要用。

找别人借用一下不行吗?

我记得我有的呀,怎么突然不见了?

不喜欢你带着一把刀跑来跑去。

这你就别管了,我有用。

她又是一惊,但她装着不在意,什么都没说。下班后,她没直接回家,给昊天订了个外卖,就开始做一件最要紧的事情。

家附近大大小小有四家超市,两家文具店。她一家一家地跑,要人家把店里的美工刀全都找出来,她全要了,说是单位搞活动,发奖品、纪念品。人家觉得好笑:

从来没听说发美工刀的。

她解释：是跟美术、雕刻相关的活动。因为这事，她已穷尽了撒谎的智慧。

没想到店里的存货这么少，最多的一家也不超过五把，总共买了十三把美工刀。这下他买不到美工刀了，等于从源头上堵住了坏事发生的可能。走了一阵，猛地想起还有一个最大的窝点被她给忽略了，校门口有一家专门针对学生的杂货店，文具、食品、服饰，应有尽有。气喘吁吁跑过去，进门就喊要美工刀。

女店主给她找来一把。

把你店里的存货全都给我。

女店主以为自己听错了，问她：全都要？

她掏出手机付款，女店主望着她：你是这个学校的学生家长吗？

她警惕起来，问：买个文具还要登记备案吗？

我只是觉得你有点面熟。

给我们公司对口扶贫的山区学校买的，明天就要带走，网上买来不及。

又缴获了六把。收藏的地方她早已想好，衣柜顶上有个装棉被的收纳箱，把它们裹进棉被里，昊天无论如何也不会想到那个地方。

班级家长群她开了静音模式，群里有七八十个人，一个人发一条消息，后面会跟着发几十个表情，到头来也没说个啥名堂，她只开了十几分钟，就给它掐成无声的了。一般来说，她会在午餐时间飞快地扫一眼，平时她只看置顶的班级群，那里才是老师发布信息的地盘。

这天午餐时间有个短会，她根本来不及去食堂，直到下午三点多，终于得到一点空闲，打开手机，赫然发现家长群已经积攒了三百多条未读信息。

才看了两条，她就忽地站起来，匆匆跑出去，躲进卫生间里。老天！为什么他们都在说那件事？老师不是说这事不会传开的吗？

辱骂保洁员，骂人家贱货、垃圾，这事放在以前没什么，小事一桩，但眼下垃圾分类正搞得如火如荼，这事就可以说得很大很大了。

到处都在传！本来我们学校就很一般，这下大概直接被视为学渣集中营了。

我听说那个男生的爸爸是卖肉的！

闹了半天，我们学校是菜场中学？

要说这个年纪的孩子骂人也不算稀奇，关键是你不能被人逮着。

如果骂人是他的习惯，我们的孩子难保不被影响，是得教训他一下，不然会影响校风。

外面都说我们这种公立学校校风不好，学校最好趁这个机会，抓个典型，好好整治一下。

大家说话注意点，很可能那个家长就在本群。

怕什么！我们都是受害者，人家不会说某某小孩怎样怎样，人家只会说某某学校的孩子怎样怎样，这瓢粪水，我们每个人都浇到了。

我猜家长已经跟学校沟通过了，不然为什么校网上一点动静都没有？

学校肯定希望能压下来，真要闹大了，教委肯定有惩罚措施，比如中考的时候少给几个推优名额之类。

完全有可能，本来分给我们学校的推优名额就少得可怜，说不定出了这事以后，直接把我们的推优名额拿掉了。

我们无所谓，反正成绩一般，影响不到他，@陈柏林爸爸，你们家学霸就惨了。

陈柏林爸爸发了个难过的表情，陈柏林妈妈突然冒了出来：真要影响我们家柏林的话，我去跟他拼了！

昊妈再也忍不住了，直接冲了进去：@陈柏林妈妈 你想怎么拼呢？如果是菜刀，你可要磨利一点，我们家皮糙肉厚，万一砍不死就麻烦了。

群里顿时鸦雀无声。

你们这些人凭什么在这里乱说一气？你们调查过了吗？你们知道事情的前因后果吗？你们为什么不想一想，孩子怎么可能平白无故地骂人？仅凭一点道听途说，就在这里批评这个指责那个，换成是你们自己的孩子你们会怎么想？不要以为自己的孩子什么都好，你能保证在你的视线之外，你家的孩子一定是完美无缺的？

我今天正式声明，孩子爸爸不是屠夫，他不过是跟人合开了一个有机猪肉店而已，话说回来，就算是屠夫又怎样？难不成还要搞职业歧视？你们自己又有多高贵呢？真高贵也不会把孩子送进这种学校。

至于那些担心自己孩子推优资格的，我实话告诉你们，趁早别想入非非了，我们这种末流公立学校，人家重点高中根本就没考虑过，前几年是有过一两个推优的，那都是人家早就内定好的，你们这些人把眼睛望穿了都没可能。

陈柏林妈妈终于又露头了：话不是这么说的，我相信中考还是公平的，哪有那么多内定，都是嫉妒别人的人瞎编的。

好啊，@陈柏林妈妈，让我们拭目以待。

丑话说前头，如果因为某人的原因导致我们学校推优被取消资格的话，我肯定会非常非常生气的。

我也一样，如果有人在背后诋毁我的家庭我的孩子，我也会非常非常生气的，有话请当面跟我说。

大家都在一个群里，这就是当面说。还有，我提醒你，这两天议论这件事的不止我们这一个群，弄不好一夜之间传遍全市甚至全国也不是没可能。你堵得住我们这个群，堵不住天下人。

谢谢你的提醒，全宇宙都知道我也不怕的，我今天在这里郑重声明，关于那天的事情，根本就不是你们听到的那个样子，是那个保洁员先骂了我家孩子，骂了他妈妈，孩子为了维护妈妈的尊严，才骂回去的，我为自己有这样的儿子感到骄傲。那个保洁员平时挨了多少人骂，忍气吞声不敢回嘴，这次看到对方是个孩子，觉得自己欺得住他，就使劲喊，使劲告，她根本就是个欺软怕硬的烂人。

又是沉默。最后还是陈柏林妈妈站出来回应：她无缘无故就跳出来骂你孩子、骂你孩子的妈妈？如果是这样的话，我建议你报警。

我家孩子并不是随地乱丢垃圾，他只是没有对准垃圾口而已，他又不是故意的，这也值得她跳起来诅咒孩子的母亲？谁敢说自己没犯过类似的错误？谁敢说一次也没有？如果不是就别在这里瞎说一气。

吓我一跳，我还以为真的出了一桩冤案呢。

就像按下了一下开关，陈柏林妈妈这句话下面，无数的表情蹦了出来，爆豆子般炸开，令人目不暇接。

有人在外面敲门，是她的同事，说有人正在四处找她。她赶紧关了手机出来。

整个下午，她笼罩在被集体欺负的耻辱和愤怒中，她想跟人说说这事，环顾四周，找不到一个合适的人，她想告诉昊天爸爸，又怕他会血冲脑门，提着砍肉刀冲出去，那可真成了那些人口中的屠夫了。


设成静音的手机亮了一下，涵妈发资料来了。

她赶紧下载，打印，那些乱七八糟的就先放一边吧，把成绩搞好才是最重要的，成绩好，考得好，别说骂个保洁员，就是骂了家长群的所有家长，又能怎样？干瞪眼！

子涵学校里的周周练非常有名，很多教学机构都打着那个周周练的旗号组班骗钱。她老早就盘算上了，我儿子上不了名校，可我们有名校的同学，近水楼台，就不能把名校的作业弄来练练手？她第一次说出这个想法时，涵妈还没听完就摇起了头：他们老师再三交代，校内教案，切勿外传。

好不容易做通了涵妈的工作，又加了许多附设条件，只拍题目，不拍卷头，不拍任何有暴露学校标记的地方。她心想，不拍卷头，那万一你拍的不是周周练而是什么别的东西呢？但她说不出口，只能全都依了涵妈。

最最重要的，你不能让昊天知道，孩子的嘴巴都不紧，到时候不仅害了他自己，也害了我们子涵。

绝对不会，你发给我，我去打印出来给他，他从来不问我给他的题目是哪里来的。

其实那些题目也很普通，除了最后一两题略有难度之外，其他跟普通教辅真没区别。

我不管，我就指望你了。我也不会让你白白付出，子涵一年四季的鞋我包了。我家昊天一般是三个月买一双鞋，每次他买鞋我都给子涵捎一双，再给你快递过去。

昊妈在一个大牌体育用品公司工作，那里代理各种品牌的运动服饰和鞋类，作为内部人员她可以拿到不错的鞋，还不担心是假货，价格也公道，这对涵妈太有吸引力了。尽管如此，涵妈还是夸张地叫起来：天哪！快别说了，子涵要是知道了肯定会骂我的。

不会不会，除了你我，谁都不可能知道，如果你实在道德上过不去，就把昊天想成你的亲儿子吧，就当你多生了一个，姐姐回家写作业，难道还要把作业蒙起来，不让弟弟看见？

涵妈大笑起来：你这张嘴哦！真服了你了。

用公司的打印机干私活，总是不那么理直气壮，要趁没人的时候，打印完飞快收好，所以她每次打印卷子，根本就没有仔细看过那些题目，再说她现在看那些题目，已经没感觉了，原来当学生的时候，数学就不太好，扔了这么多年以后，当初那点基础已经全部还给老师了。

晚上，她一进家门就把卷子掏出来，递给昊昊，昊昊像往常一样，接过去就打开计时器，开始做题。

很快，昊昊找到厨房来了：妈妈，这套题目我上次做过了呀。

她一愣，第一个反应是孩子想偷懒，叫他把上次做过的题目拿来给她看。昊天真的去找了出来，她一看，还真是，赶紧躲到一边去问涵妈，是不是发错了。

涵妈过了一会才回复：抱歉抱歉！我手机里保存的东西太多了，不小心发错了。我马上重发。

重新打印过后，她回来继续做晚饭，做着做着，脑子里突然划过一道闪电：这真的是第一次发错吗？真的是子涵学校里的周周练吗？马上又摆摆头，把这个古怪的念头甩了出去。但过了一会，这个念头再次像个恶作剧的小孩一样悄悄爬了上来，她擦擦手跑过去问：昊昊，你觉得我每周给你的数学题目难吗？

不难啊。

不难？那你觉得相当于什么难度？

跟我们学校里差不多。

不可能吧，那你每次都做对了吗？后面的拓展题也都能做出来吗？她每次都是等他做完了，才把答案亮出来，让他自己去批改的。

基本上都能做对。

是吗？那就好。她嘀咕着退回厨房，怀疑像野草一样疯长起来，难道那个赫赫有名的周周练，把长尾的学霸们折磨得愁眉苦脸的周周练，就这样被昊天毫不费力地拿下了？她无法证实。

因为有心事，晚餐桌上有点沉闷。孩子的食量越来越大了，这也让她发愁，这个年纪的孩子，完全不加节制的话，很容易长成小胖子。什么事都这样，明明是件好事，一不注意就变成了坏事，吃饭是这样，春游是这样，就连一直以来偷偷坚持的周周练都开始让人忐忑起来。

涵妈又来消息了。

跟你商量一下。她们学校的周周练越来越水了，大家都说是因为校长换了，新校长比较重视素质教育，选修课全都换成艺体类，不像以前，选修课基本都是各学科的荣誉班。

看来今天"发错题目"的事对涵妈也有刺激，且看她接下来怎么自圆其说。

你应该看出来了，周周练越来越没难度，所以我在想，是不是以后不要再给你们发周周练了，没有难度的刷题，等于浪费时间，而且对你来说还破费，我心里一直都很不安，你知道，我并不缺少给她买鞋的钱，只是觉得这样做，大家心里都坦然，没有心理负担。其实我几个星期前就有了这个想法，一直在想该怎么告诉你，又担心表达不好被你误会，以为是我不愿意给你发周周练的题目了。

涵妈，你想得太多了，卷子嘛，有时容易有时难，正常的，我们每次都做得很认真呢。

正因为这样我才更加不安呢，新校长的搞法也让我们这边很多家长都有意见，我担心这样下去会浪费孩子的时间，他们现在最宝贵的不就是时间嘛。

要不这样呗，如果你觉得周周练实在没必要，那我们就先暂停，换一种，换成子涵学校的月考卷如何？一月一次，也能减少我们之间的工作量。

你指数学月考卷吗？那就更难搞了，月考卷是当场发放，我没办法像周周练那样弄到空白卷子给你。

没关系呀，我可以重新打印给他。

你说什么呢！数学卷子很难打印的，那么多符号，搞不好打错了还把孩子搞乱了。

我来想办法，也许用剪贴复印就可以解决这个问题。

那好吧，只要你不怕麻烦。另外就是，你真的不要再给我们家子涵买鞋了，人家有了自己的审美，不喜欢出门就碰到跟她撞鞋的人。

不喜欢撞鞋？那没办法呀，毕竟市面上就这么几个牌子。

所以鞋子的事就不再劳你费心了，卷子你放心，只要她能带回来，我都拍了发给你。不过我们保密工作一定一定要做好。而且这个难度真的好大呀，她不高兴人家知道她考试成绩，我还得想办法把打分的地方蒙起来。

我知道很难，谢谢你肯帮忙，至于鞋子，你就不要再多说了，让我们沾沾子涵的光，过了这两年，他们都上了高中，我想够上去都够不着了。

两人又你来我往扯了好久，涵妈突然转移话题：对了，你家昊天那个事，后来处理好了吧？学校那边盯紧点，可别留下什么后遗症，影响综评的话就太不合算了，现在大家都很拼,中考基本上拉不开多大差距,综评就显得格外重要。

那个教务主任答应我了,会尽量大事化小,还说都是母亲,她会看着办的。

有时候也不能全信他们的官腔,……我不知道你听说了什么没有,我今天在微信上看到一段截屏,有点像你们学校的家长群,好像谈的就是你那天说的那件事。

什么?你赶紧转我看看。

果然就是那天在家长群看到的那些,还有很多她之前没看到的言论。她不能肯定是不是家长群里的人发出去的,截图上的头像都打了马赛克。

涵妈分析:应该也发酵不到哪里去,现在只要有孩子上学的,哪个不是隔三岔五就发这些类似的东西,反正也没点名道姓,你就当不知道吧。我觉得你只要把学校哄好,就不会有问题,因为学校肯定也不想闹大。

这些人怎么这么不厚道,换成是自己的孩子呢?

公立学校就是这点不好,大家的关注点好像都不在学习上,不知道这么闹一通,对自己其实也没什么好处。

对呀，那个家长明明意识可能会影响学校推优……

涵妈嘿嘿一笑：他还指望推优？想多了吧，我们学校都没几个人敢指望推优。他孩子成绩特别特别好吗？其他表现也都很出众吗？得到过市级、国家级重大荣誉吗？

什么都没有！可能就成绩还行，我是指在我们学校。

哈哈，那他可真敢想。

就是，连学校领导都没什么志向，上次课外活动，学校安排他们参观了一所职业技术学校，整整在那里活动了半天，我一听气死了，这是想让他们毕业后直接去读这所学校吗？

你们还组织这种活动？这不是浪费孩子的时间吗？一个星期能有几个半天？

又细细比较了一番两个孩子学校的其他方面，昊昊妈妈越听越沮丧，子涵学校的课程进度已经把昊天远远地甩在后面。所以下学期子涵可能就不去顶慧了，因为对她来说，顶慧已没有多大价值，她可能会去上另一个家长们自己团的小课。

天哪！我感到两个孩子的人生已经拉开好大的距离了。

太夸张了吧，还早得很呢，人生那么长。这样吧，我会每个月把月考卷给你发一份，希望对他有用。哦对了，他们课程进度不一样的话，我发给他也没有用啊。

她心里彻底凉了，还好涵妈又说：不管怎样，我还是先发给他吧，等他课程进度赶上来的时候会用得着的。

每次跟涵妈聊过，她总是要发一阵呆，心里像压了一块大石头，沉重得喘不上气来，以至于她看到涵妈的头像，心里就一沉，但她又离不了她，她必须知道涵妈在哪里，子涵在哪里，否则她会失去方向。

好不容易从沉重的自怨自艾中摆脱出来，再一看，家长群又爆满，大家又开始议论"保洁员受辱"那件事了。

区里马上要派人到我们学校开个德育讲座，听说内容之一就是尊重他人的劳动，大家品品这个弦外之音。

这是对我们大家的侮辱啊！凭什么？我们的孩子

跟那件事又不相干。

我不想让我家孩子去听那个讲座，我已经把他教得很好了，他在外面绝对不会做出那种事来，让那些家里没教好的去听讲座吧，我们就请假回家写作业好了。

正好那天我们约了牙医，也要请假。

大家都请假好了。说得好听！什么讲座，就是去挨训。

我一直担心的事终于来了，这意味着"保洁员受辱"一事已经引起了上面的重视，已经在采取行动了，接下来肯定还有其他制裁措施。

很奇怪为什么有些人那么沉得住气，不吱声，不行动，不作为，就等着外面的打击一波接一波地来。

他有什么沉不住气的？没有一样打击是专门针对他的，都是我们大家在帮他扛，当然沉得住气啦。

这就叫一颗老鼠屎坏了一锅汤。我们好好的孩子，凭什么陪他挨训？

他们应该把有道德问题的学生集中起来，开展专门训诫，不要耽误我们大家的学习时间。

她再也忍不住了，一头冲了进去：你家孩子才有道德问题！忍了你们好几天了，一群大人背地里非议一个不在场的孩子，你们不感到羞耻吗？我那天就解释过了，是那个保洁员先冒犯了孩子的妈妈，孩子才忍不住跟她冲突起来，这么有良心、有血性的孩子，你们还生不出来呢，你们的孩子在外面被人骂了娘，只会把脑袋夹到裤裆里装没听到。现在你们再来骂吧，别以为我不吭声就是怕你们，我也不是好惹的。想想那些校门口的暴力事件吧，那些人都不是天生的暴力分子，都是普普通通疼孩子的爹妈。

这一次，再没有一个人接她的话了。

这个周末，她决定不去净心茶馆了，她知道她一去，那两个人免不了会问她"保洁员受辱"的后续。她没心情再讲这个。

素妈在微信上说，你们都不来，我一个人在这里喝一大壶茶，好浪费好寂寞。

原来涵妈今天也没去,这让她心里一动,小素也是公立学校的孩子,她总觉得跟素妈更容易聊到一起。这两个妈妈常常给她一种互为反面的感觉,打个比方,小素要是没考好,素妈会哈哈一笑:可怜!才考了70几分。换成涵妈,则会一脸沉痛地说:我们这次考砸了,才考了89分。

十分钟后,她买了些鸭脖、卤藕、卤豆干之类的零嘴出现在她们的包间里。吃吧吃吧,一吃解千愁,我这几天愁死了。

知道你为啥发愁。越是这种时候越不能一个人郁郁寡欢,要找人说话,没准说着说着,就来了灵感了。

她把她发在群里的警告拿给素妈看。素妈说:快删快删!不该发这种言论的,说不定已经被人截屏了,这就是证据,说你暴力威胁,说不定已经在商讨对付你的办法了。

只许他们搞网络暴力,我连句狠话都不能说吗?涵妈建议我去搞定学校,但我觉得已经晚了,区里都决定到我们学校去搞现场讲座了,学校还能怎样?当然要全力迎合了。

我也觉得找学校没用,这学校首先就不相信自己的学生,也不爱自己的学生。我在想,你这件事可能还得从源头上去解决,你想过去找那个保洁员吗?家长出面去向她认个错怎么样?

哎呀!昊妈惊叫起来:我也这样想过,但我没办法找到那个人呀,问他老师,老师说,学校对那个保洁员的情况一无所知。

要不我来帮你试试吧,我以前当记者的时候,在环卫部门采访过,认识几个人,说不定能帮你找到这个人。

天哪天哪!我这是什么好运气呀,原来天天在我身边的小素妈妈,就是我儿子的贵人哪!

先别激动,我试试看。

素妈说干就干,在手机上搜索起来。

这是唯一的一次,两人见了面,却没有聊天,各自在手机上忙碌。素妈在为她搜索那个保洁员的信息,昊妈在关注家长群的动态。

有点奇怪,自从她发出那条"威胁帖"之后,群里就一条消息都没有了。这几天她刻意刷了好几次，都是这样。

难道他们另外建了群？把她一个人撇开在外？

她找出群里一个跟她有过单独联系的家长，问她，那些人现在为什么都不出声了。那个家长说：可能都在忙吧，毕竟都是在上班的人。

这理由不可信，平时大段大段发议论的人，哪个不是在上班的人。她干脆直接问：他们是不是转移地方了？

那个家长说：应该不会吧，反正到目前为止，我没有接到移群的通知。你还在为那个事烦恼呀？想开点，千万不要冲动，冲动是魔鬼，任何事情最后都会败给时间，过两年回头看，一切都不值一提。

她隐约感到对方的话很有内容，就问她：你听说什么了吗？

我……没有啊，昨天晚上我还在跟儿子讨论昊天呢，他说昊天其实挺好的，人很仗义，成绩也很好，篮球也打得好，他们都愿意跟他玩。

她趁机问起那天在公园的情形，到底是怎么回事，对方马上说：真不知道，那天他们不在一起，他们一到那个地方就分组了，昊天跟我们不在一个组。

她毫不掩饰失望地哦了一声。在此之前，她至少问过他班上五个同学，每个人的回答都差不多。对不起阿姨，我当时正在看手机，不知道到底是怎么回事。对不起，我当时正在打游戏，完全不知道发生了什么。我当时正在逗树上的蚂蚁玩，没怎么在意身边的事情。她挂断电话就开始嘲讽儿子：你怎么混的？一个朋友都没有，连你们一个组的同学都不想站出来帮你说句话。儿子一副老练的样子：这还不明白吗？他们这样说就置身事外了，就可以不用帮我做证了。她大吃一惊：作为同学，不应该帮你做个证吗？

哪有什么应该不应该的呀？只有愿意不愿意。

他们为什么不愿意替你做证呢？听你平时的描述，还是有几个好朋友的，为什么关键时刻都不肯帮你一把呢？

这我就不知道了，也许就是怕麻烦而已，说不知道最简单最轻松。换成是我，估计你也会这么叮嘱我的。

她只能说，她低估了初中这个小社会。

没多久，刚才那个家长又发了消息过来：昊妈，我觉得，息事宁人算了，孩子内心的平静要紧，你的平静也要紧。不听，不看，最多忍一个星期，事情就过去了。

她听出味儿来了，她的猜测是对的，家长群转移了，就把她一个人撂在原地，让她听不到也看不到，为的是在新的家长群时尽情地议论她、讨伐她。

无论如何，恳请对方把自己拉进新群这种话，她说不出来，就算她说了，对方也未必肯帮这个忙，她能想象得到，出这个主意的，多半是陈柏林家长。

这个陈柏林，他们家很有来头吗？她不客气地问那个家长。从家长群的情况来看，陈柏林妈妈似乎很活跃，应该是学校家委会的。孩子入学这么多年了，她从没进过家委会，也不知道什么样的家长才能进入家委会。

其实我也不太知道，我在家长群里面没什么存在感，你应该知道呀，我在群里很少出声。

就算她是家委会主席，她也没这个权力，我是学生家长，我有权进入家长群。

呃……昊妈，家长群还在的，只是现在大家都不说话了。

我猜大家都转移了吧，到新建的群里去说话了，就我一个人还留在原地。她们这样羞辱一个同样是妈妈的女人，不感到羞耻吗？

昊妈，我非常非常理解你，但又不知道该怎样帮你……我一般碰到烦心事就用转移大法，带孩子出去大吃一顿好吃的，看场电影。对了，你家养宠物了吗？没有的话，我劝你养一个吧，太治愈了，我有段时间也是心里特别特别难过，全靠我们家托尼帮我撑过来，托尼是一条金毛，我告诉你，金毛真是太暖太适合我们人类了，简直说不尽它的各种好处，去弄条狗吧，真的，如果你嫌狗麻烦，养只猫也可以，慢慢你会发现，人最好的朋友其实是不会说话的动物。

来不及了呀，我现在需要的不是治愈，而是抢救。

没你想象的那么严重。其实我比你更闹心，好歹你家昊天成绩还好，不像我们，昨天数学考试80刚出头，勉强达到平均分，你家昊天99，差点就满分了，你就知足吧。

什么？昨天考试了？臭小子居然没告诉我。

你看你看，你现在整天是这种情绪，人家哪敢跟你说话？幸亏孩子自己争气。

一股巨大的喜悦刹那间弥漫全身，每次昊天考得好，她都是这种反应，整个人像被拎起来，按进了糖水缸里。等不及下班，提前溜回家，赶紧点火，给孩子做好吃的，自从孩子爸爸开了肉店，冰箱里从来没有断过好肉，牛排，羊腿，该煮的煮，该烤的烤，一一安排妥当，又把明天早上的食物也安排好。她早已醒悟过来，早上不一定非得是包子馒头豆浆之类，早上最好也能吃牛排，孩子吃了牛排出门，一天都有力气。

她刚跟这个家长聊完，素妈欢叫一声：成了！我找到那个保洁员的下落了。

# 六

素妈告诉她,那个保洁员名叫李小琼,中间人已经跟两边约好,明天就可以去见面。

她肯见你,就说明她会接受你的道歉,也就说明,这事不会再往大里走了。说不定现在的一切都可以撤销。

昊妈两眼湿润地盯着素妈,她不知道素妈原来这么能干。

去道歉的时候,当然要有所表示,水果之类的肯定不行,得有点分量,最好给她包个红包,再聊聊养孩子的辛苦,那个李小琼,想必也是个妈妈,天下母亲是一家,应该说得来的。

她准备得很充分，一只鼓鼓的红包，一大包沉甸甸的牛排羊排，也不敢去店里拿，自己掏钱去超市买。这事到现在都还没告诉昊天爸爸，他是个急性子，暴脾气，这种人通常还小气得不得了，她怕他一时性起，会坏事。最后掂了掂包裹，又咬牙加了一盒两瓶装的欧丽薇兰橄榄油。

两人坐了四十多分钟地铁，出来又打车，终于来到一个陈旧破烂的偏远小区。屋里没人，敲了好一会，旁边出来一个端着饭碗的老男人，像是刚刚收工回来。他好像不相信有人会找他的邻居。找李小琼？那个扫街的？得到肯定的答复后，他朝一个方向指了指：她在那里种菜。

一片建筑工地，似乎停工很久了，闲置的土地被人擅自开垦出来，东一块西一块地种了些菜。一个女人蹲在地上铲什么东西，应该就是她了。

等她们走近，李小琼回过头来的瞬间，昊妈突然有种感觉：这事不一定会有素妈形容的那么简单。李小琼很年轻，干净利索，一看就是个精明之人，完全不像她想象中的保洁员。

素妈打头阵。不好意思，今天才来向你道歉，事发当天我们就开始找，一直找到昨天晚上，可算把你找到了。

保洁员一笑：啊呀，不来也无所谓啊。

素妈满面笑容：那怎么行？一定要来的，了不得的缘分啊，认识一下，以后大家还可以多来往，就当多了一门亲戚。昊妈看素妈如此投入，感动不已，也加入进来，三个人边聊边往回走，到小区门口时，李小琼停下来：不如我们就这里聊吧，家里很乱，不好意思接待两位。

昊妈再次向李小琼道歉：孩子不懂事，请你大人不计小人过，给他点时间，让我来好好教育他，也让他从中吸取教训，坏事变好事。从小我的父母就跟我们说，外人打你的孩子，骂你的孩子，是了不起的恩德，要感谢人家，因为人家是在帮你教育你的孩子，说明你自己在教育孩子方面还有不到之处。孩子回去后，我已经教训过他好多回了，打过，骂过，写过检查，再没有比这一次更好的机会了,一定要让他懂得尊重别人,尊重别人的劳动。这还只是家里,学校还有另外一套处罚等着他,孩子最近已经被折磨得有点自闭了,跟他好朋友说,他真的不想活了,还把他的游戏卡密码告诉了好朋友,说如果他死了,他可以接着往下打。你说,他要是真的怎么样了,我这个妈妈还活得下去吗?我们母子要是真有什么事,你这么善良的人,心里也不会好过是不是?所以,如果你现在肯站出来宣布,说你原谅他了,他的压力肯定会轻一些,毕竟还是个孩子,还没什么抗压能力。

李小琼果然很冷静,她自己都被打动了,眼泪都要出来了,李小琼却看看地面看看远处,甚至还微微笑了一下。

我原不原谅他,其实没有意义,关键是他要吸取教训,现在不给他教训,将来就晚了。

有意义的有意义的,你原谅了他,他才有机会吸取教训好好地往前走,你原谅他,就是救了他,从此我们两家还可以交个朋友。多个朋友多条路对不对?

李小琼看着地上,像在权衡什么。

那,你们想让我怎么做?

素妈上前一步说:你看这样好不好,我们给你录个视频,你只需要对着镜头说,你原谅孩子了,然后说希望大家不要夸大这件事,不要去打扰孩子,让孩子安心学习之类的就好了。其实这么做对你也有好处,人家会说这个保洁员大姐明事理,有爱心,我向你保证,这么做对你只有好处,真的!

昊妈及时将准备好的红包塞到李小琼手里,李小琼挣了一下,没再拒绝,趁机又将手上那只沉甸甸的购物袋也塞到李小琼手里。

我听说你也有孩子,所以就帮你孩子买了点牛排羊排,都是有机的,是好东西,孩子吃了长个子。

李小琼放下手里的购物袋,把红包也放回袋子里,一脸诚恳地说:其实这些东西都不是我最需要的,我倒有个其他方面的需求,不知你能不能帮我想想办法,就当我们互相帮助了。

原来李小琼的孩子想在本市上学,但她户口不在这里。

明知这事不好办，几乎不可能，为了儿子，昊妈还是硬着头皮说：这种事我还不是太了解，但我印象中好像有个起码的条件，就是你得有居住证，还得有相应的积分。

素妈冲她眨了下眼睛：先了解一下相关规定吧，或者，我现在就帮你问一下。

素妈转过身去打电话，没多久，回过身来兴奋地说：有个专门对外来务工人员子女开办的学校。

李小琼毫不犹豫：那个学校我们不去，我了解过了，各方面都差得要死。

昊妈和素妈对看一眼，来的路上，她们设想了各种可能，就是没想过这种情况。

李小琼突然绽开一脸奇异的笑：要不，我们搞个假收养如何？不会让你为孩子花一分钱，收养过程中的全部支出我都包了，收养后孩子的一切也跟你们不相干，不信任我的话，我们可以签个合同，保证不会赖上你们。

昊妈震惊得太阳穴突突地跳，她奇怪李小琼怎么能如此轻松地谈起如此严肃的话题。

素妈看了昊妈一眼,走向李小琼,贴心地摘下她肩头的一根草屑,说:收养很麻烦的,审批手续非常复杂,要申报,要层层审批,要等有关部门来核实是否符合收养条件,核实过了又要等批准,不拖个两三年办不下来,你们这种情况可能还不够收养条件,因为你的孩子并不是孤儿,也没有被遗弃。

只要她愿意,我可以让孩子变成被遗弃的,我可以把他遗弃在福利院,然后她去福利院收养就可以了。

来不及吧,孩子几岁了?

六岁了,只要行得通,迟点上学也无所谓。

昊妈仿佛看到一个被缥缈的曲线上学计划耽误了的孩子,无所事事地游荡在马路上,在荒僻的无名公路上,一旦事情宣告失败(百分之九十九的可能会失败),孩子的妈妈会暴怒,会绝望,会不顾一切地报复……为避免这一天,她必须果断拒绝,不给对方留下一丝希望。

这个事情实在有点超出我的能力了,不是我不愿意,是怕做不到,耽误了你的孩子。

是啊，我就知道，没有人愿意帮我们，我们才是最可怜最无助的。

小李！妹子！你哪怕提个别的要求呢？我一个小老百姓，那种大事我办不到啊，你再想想，还有没有别的问题需要我帮忙的。

别的？我怎么可能没有别的问题？我全身都是问题，但我最大最关键的问题，也是最着急的问题，就是小孩上学的问题，这个问题不解决，我就得回老家。

你先别灰心，给点时间我来帮你打听打听看，说不定还有别的门路，你这突然提出来，我完全没有准备……要相信天无绝人之路，无论什么问题，最后都会得到解决的。

也许这真不是你们能解决的问题，因为摆在我面前的根本不是困难，而是我的命运。

两人对看一眼，马上移开视线，她们都不知道该如何回应这个女人。

昊妈也不知从哪里突然来了一股力量，大声道：别这么消极，总会想出办法来的，我们是谁？我们是妈妈呀，妈妈就是可以为孩子拼命的人，拼着命去生，拼着命去养，有人欺负他，又拼着命去护。小李，你看可不可以这样，让你的孩子先去那个务工子女学校，读两年我们再来帮你想办法转学。

对，先去待下来，再想办法转学。这个办法比较好。素妈也振奋起来。

李小琼眼睛亮了一下，很快又熄灭了。你们这是在哄我，我现在帮了你们，给你们录了视频，两年以后，我再去找你们，你们恐怕连见都不肯见我了。

怎么可能呢？你放心好了，录了视频，我们就是朋友，我们马上就去帮你想办法，这事可不是一天两天就能办好的，你得给我们一点时间。这中间，我们会一直保持联系。

我觉得你们还是先帮我想想办法再录吧，这样大家都能看到对方的诚意。

这下素妈又急了：所以你需要录个视频，让我们也看到你的诚意啊，你的要求不是一般的要求知道吗？一般老百姓根本解决不了，我们得回去托人，找关系，还得花钱，我们得付出很大的代价，而你，只需要录制一个几秒钟的视频、说一两句话而已。如果你真的在为孩子着想，就应该先帮我们录个视频，然后我们一起来合计你那件事情。

你们拿走视频就不会再回来了。李小琼一副很懂的样子。

就算你不相信我们，也可以换个思路想一想，录了视频你还有点希望，不录视频你连一丁点希望都没有。我们都是有名有姓有工作单位的人，你还怕我们不守信用吗？素妈弯下腰去，从购物袋里捡出那只红包，塞进李小琼衣服口袋里。

这一次，李小琼不仅没有推拒，反而拿出红包，正面反面看了看，出人意料地问：这里面是多少？

五千。昊妈倒腼腆起来。

李小琼先是扬起脸来看天，看了一阵，突然变了一张脸：我要两万。我觉得你们很可能帮不上我那个忙，我们索性把这事一次性了断吧。

她坚定地看向昊妈，昊妈也睁大眼睛在看她，两人大眼瞪小眼瞪了一阵,昊妈说:好,我同意,先录视频,再付钱。

李小琼面无表情:先付一半,录完了再付另一半。

昊妈感到脸在发烫,像被人扒去衣服一样,她尽量保持平稳的语调:同意!红包里面已经有五千了,我再转你五千。打开手机,我扫你。

李小琼打开手机二维码的动作有点慌乱,反反复复弄了好一会,最后还是素妈帮了她一把才弄出来。昊妈扫码,嘀的一声,昊妈在手机上操作起来,又是嘀的一声。李小琼说:收到了。

那我们开始吧。素妈问李小琼:换个地方,还是就在这里录?

昊妈担心一挪地方,李小琼会生变,赶紧抢着说:就在这里录吧!这里光线正好。

等等,你们这个视频会发到哪里?什么人都可以看得到吗?

不不不,我们只想把它拿给学校领导看一下,不要让他们再为难孩子。李小琼稍稍放了点心,对着手机理了理头发，整了整衣服。素妈拿出一张事先准备好的纸条，让她过目。

一会儿录的时候你就不能看字条了，这个只是帮你组织一下语言。

李小琼点头。

我叫李小琼，是一名环卫工作人员，也就是前几天"保洁员受辱事件"里的那个保洁员，我当时的确很生气，后来听说孩子因为这件事，学习和心情大受影响，又觉得有点于心不忍，毕竟我也是一个母亲，呵护孩子，包容孩子，是我们每一个母亲都应该做到的，所以，我决定原谅他了，希望大家也能原谅他，希望孩子能从这个事件中吸取教训，做一个文明的人，一个遵纪守法的人。

素妈说：你没照我的提示讲？我后面还有"我也有错，面对一个孩子，我不该口不择言，更不该冒犯孩子的妈妈"。

这样就可以啦。李小琼打开手机对昊妈说：另一半给我吧。

两万元收讫后，李小琼说：这些东西既然已经拎来了，我把它带回去你不反对吧。

两人眼睁睁看着两万到手的李小琼，拎着一大袋牛肉羊肉，迈着重心不稳的步子一步步远去。

昊妈突然有点不舍：那一袋子，花了我两千多。又说：这样也好，一手交钱，一手交货，干净利索。接下来我们该怎么操作呢？

我已经联系了一个记者，一会儿我让她发布出去。

天哪！我们付了钱，却没让她写个收据。昊妈突然惊叫一声，呆在原地。

素妈也愣住了，不过她马上反应过来：

吓我一跳！你要收据干吗？报销，还是有一天找她要回来？快别胡思乱想了，不花钱能消灾？


拉开冰箱门准备晚餐的时候，昊妈眼前晃过刚刚消失的两万元，拿牛腱的手停住了，她有种奇怪的心理，似乎嘴上抠几顿就能让那消失的两万多块变得少一点似的。

她一向节俭，从不乱花钱，衣柜打开，里面有一半是优衣库，而且还是趁换季去狂收打折品，唯一花钱最多的地方是鞋子，尤其是昊天的鞋，谢天谢地学校有校服，别的家长觉得校服丑，觉得没有打扮孩子的机会，她却窃喜不已，她可以把服装上省下来的钱都花在鞋子上，正好她在这一块有工作上的便利，所以昊天每次都能率先穿上当季最流行的运动鞋。

多亏了素妈，要不是她，她不可能这么快找到保洁员，惭愧的是，她直到现在还不知道素妈的真实姓名，只知道她的微信名叫蚕豆的蚕，只知道她的女儿叫秦小素，也就是说，她连素妈的名字都还不知道！可事到如今，她实在开不了口去问素妈的名字。该怎样才能套出素妈的名字来呢？

正想着素妈，素妈的消息就来了。我的记者朋友正在上传稿件，一经发布，我们要尽全力转发，越多人知道越好。又说：你猜我刚才在想什么，我在想，我们俩可能上当了，也许她根本就不想把儿子留在这里上学，也许她根本就没有儿子，儿子只是她讨价还价的借口，因为她不满意你的红包，你递给她的时候，我看到她捏了两下的，估计有点嫌少。还有那包礼品，她也没表现出特别的兴趣，我们都太低估她了，她胃口大得很。和她相比，我们俩都太单纯了。

两人感叹了一通，昊妈说：就算上当我也认了，谁让我儿子这么不省心呢？你也不要想太多，你能帮我联系上她，我已经感激不尽了。

晚上八点多，素妈发了个链接过来，果然就是李小琼的视频，配文是：我原谅了那个爱妈妈的孩子。

来不及跟素妈客气，第一时间将这篇文章转发到朋友圈、学校老师、班级家长群，以及所有她知道的群，请求大家尽量转发。全都发出去以后，各方面的回应接二连三反馈回来，但她最期待的班级家长群却一直没反应。她知道问题在哪里，看来这个家长群真的已经瘫痪了，如果不把这个消息发到他们新建的家长群，这趟操作还有什么意义？她决定直接跟陈柏林妈妈单独沟通。

陈柏林妈妈很快回复过来：太好了！太及时了！

她被"太及时了"这几个字吓到了,难道陈柏林妈妈还知道一些她不知道的情况? 陈柏林妈妈接着说:学期综评快到了,有了这篇文章,那些担心班级影响的人就不好再说什么了。

还有人在提吗? 我怎么都不知道? 群里静悄悄的,我还以为大家已经把这事忘了呢。

总算让她抓住了机会,她倒要看看陈柏林妈妈怎么回答。

是吗? 待会我去看看,平时我都静音了。

浑然天成,超级镇定,没有一丝慌乱,更谈不上不好意思。不得不说,所谓学霸,很大一部分来自遗传。她想象着陈柏林妈妈立刻回到新群、宣布解散、敦促大家重回老群的情景,嘴角露出多日不见的笑意。

班主任直接打她电话了,说她刚才已经向校领导报送过那篇文章,学校表示会认真对待,及时处理。放心吧昊妈,我们都是站在孩子这一边的,我们只是需要一个理由,我觉得这篇文章会是一个转折信号。

班主任的话让她心情大好,她去洗了个澡出来,昊天还在写作业，自始至终，她都没有告诉昊天她在做些什么，也没有过分埋怨孩子带来的这桩大麻烦，阳台上的花，到了三伏天，她还要给它们搭个简易遮阳棚呢，何况是自己的孩子。她给孩子倒来一杯水，问：今天作业很多吗？休息几分钟吧，不能总是坐着不动。

孩子嗯了一声，没挪窝，她就喜欢他写作业时那副专注的模样。

手机屏幕在不断地闪动，僵死已久的家长群突然复活了，大家都在议论她刚才发的那篇文章。保洁员长得不赖嘛，一看就是个心眼儿多的人，难怪会去告状。看她那个精明样儿！一看就不是善茬。也有人不谈这事，只问今天的作业，问大家都是几点睡觉之类。还有人在里面发些团课小广告，总之，家长群转眼间恢复到了以前的状态。望着不断跳动的屏幕，她很生气，同时也松了一口气，她可以在里面不说话，但她必须置身其中，必须知道他们在说些什么想些什么。

无意中一回头，见昊天趴在桌上睡着了，这哪行？作业还没写完呢，冲过去狠狠揉了一下。十点不到就睡起来了？困了就去洗个澡。儿子抬起头来：我没睡，我趴一会也不行吗？

作业没写完怎么敢趴？

我怎么就不能趴？我就不能心情不好吗？

心情怎么不好了？谁又惹你了？

妈你不会这么快就忘记了吧？那个保洁员的事，今天下午班级评选班干部，你猜我得了多少张选票？三张！丢死人了。

好不容易振作起来的心情瞬间再次跌落，她耐心地问：你觉得大家不选你的原因是什么？

还用问吗？我属于有明显污点的学生，且是近期刚出炉的污点。

还是晚了一步啊，素妈要是早点把那个链接发过来，哪怕是中午发过来，她就能第一时间转发给老师，就来得及赶上下午的班干部评选。事已至此，也只能安慰儿子了。没事，不当班干部也没关系，把成绩搞好比什么都强，毕竟中考的时候人家也不在乎你是不是班干部。

重点不在这，重点在于我的人气丢了。

你要人气干吗？你又不是公众人物。

没有人气我在学校怎么混？孤家寡人、郁郁寡欢？我才不要活成那样。

那你就想办法改善呀，找回人气呀，这也是一种锻炼。

没办法，墙倒众人推，你知道我现在又增加了哪些新罪名吗？说我什么……每天都穿新鞋，非名牌不穿，说我爱慕虚荣，精神空虚，我去！给我扣这么个帽子，我真是不服。

你就说是我妈给我买的鞋，我的衣食住行我妈全包，叫他们有不满的朝我来，叫他们来骂我爱慕虚荣，精神空虚。这些人怎么这样？这还叫学生吗？整天注意人家穿什么，心思都用到哪里去了？

关键是我冤枉呀，我每天都是随便从鞋柜里拿一双，看都没看就穿上走了。我才不在乎什么牌子不牌子的！

那你跟他们解释呀，你说我根本没有名牌的概念，你说我除了不穿女生的鞋，什么鞋都接受。

我说啦，没用！人家反而觉得我在炫富，炫耀我家里全是名牌鞋。

她突然嘎的一声笑出来：我倒希望你能炫富呢！可惜没富可炫。要不你就说，你买的都是假货，打折的。

那更是爱慕虚荣了。行了，让我在这趴一会吧，你给我出的主意没一个管用的。

最后这句话戳中了她的心病，她花了两万多块，暂时看来并未帮上儿子什么忙，怎么会这么巧，就差半天，几个小时。

班主任又发了消息来，说明天还有中队长选举，她希望昊天能好好准备一下。

母子俩瞬间复活。看来那两万块真没白花！她拍了拍儿子的背说，大声感叹：事在人为！这话绝对是真理。

已经十一点多了，昊天写完作业，收拾好书包，开始为明天的竞选做准备。她提醒他，去年不是也准备过吗？拿出来稍加调整就可以了。

去年的我跟今年的我不一样了，起码多了这次大风波。不要！这个不用写，千万不要写。

那不是作弊吗？你去睡觉吧，别管我了。

他说得那么肯定,她竟不好意思去阻拦他了。


竞选演说不难,昊天不是第一次参加这种活动,从小学二年级开始,他就是竞选常客,而且他总能竞选成功,班长,中队长,大队长,只要他想,没有他得不到的。但这一次,情况不一样了。

他趴在桌上,让自己沉入黑暗中,他用这种方式和自己对话。

警报解除了,他的污点洗净了,妈妈拿出每天晚上洗校服领口袖口的劲儿,给他奋力搓掉了,虽然他不知道妈妈到底做了些什么,但他能感觉到,她一刻也没有停止"做工作"。妈妈不是个爱讲大道理的人,他最欣赏她这一点,她总是先做,再讲,甚至做了也不讲,他见过有些妈妈,跟孩子在一起,针尖大点事,也要上升到伟大的道理上去,他一见那种家长就想逃跑。

但是,真的能洗干净吗?他的校服告诉他,就算妈妈用了衣领净,用了洗衣液,用了刷子,还是不能回到弄脏以前的样子，甚至因为用力过猛，而留下了另一种难以消除的痕迹，那是洗的痕迹。

那么，他要不要在演说中略过这次的污点呢？如果他略过，会不会有人当场提出反对意见，他见识过这种情景，小学的时候，有个人想要竞选班长，举手表决时，一个人说：他上体育课时跟人打过架，还把别人打伤了，这种人怎么能当班长呢？于是那个人被当场取消竞选资格。他不知道班上会不会有这种同学，都说人到了初中以后会摆脱小学时的孩子气，会变得成熟一点，但他不敢保证班上所有人都发生了这种变化，他担心还有个别人并没有成熟起来。举手表决只是一瞬间的事，他担心他的坦白，会按住那只正要投他票的手，会导致更多准备为他而举的手犹豫着收回去。

太让人头疼了，他决定抓阄决定，他弄了两个小纸坨，闭上眼睛，三秒钟后，两个纸坨同时掉到地上，他捡起其中一个，上面写着一个字：说！

他很快就完成了自己的演说稿。关于污点那一段，他是这样写的：我犹豫过要不要陈述自己犯过的错，我有说出来和隐藏起来两个选择,这两个选择其实是两个我,两个昊天在打架,最后,前一个昊天打赢了,他就是此时此刻站在你们面前的昊天,是的,我是犯过错,正因为我犯过错,并为之苦恼过,我才特别向往以前那个没有犯过错的昊天。小时候,我问我妈妈,柠檬可不可以像橘子那样吃,我妈妈说:你试一下就知道了。我咬了一口,接下来发生的事告诉我,我这辈子都不会像那样去吃柠檬了,对我来说,这次犯下的错,就像那一口柠檬,我永远都不会再碰了,因为我到死都不会忘记那种可怕的滋味。

后来还有好长一段话,但他没法念了,因为全班,包括老师都在使劲鼓掌,他被吓傻了,他只不过说了句大实话。

竞选结果当场揭晓,他当选为中队长,他有点蒙,他做好了落选的准备,到底是什么在瞬间改变了那些人的主意,让他们举起了原本并不想举起来的胳膊?难道是演说本身?他到底说了什么?

老师宣布完结果后,意外地向他张开双臂,他本能地靠向老师,老师给了他一个深深的拥抱,他听见掌声又响起来了,还有人在吹口哨,他这才感到窘迫不安,因为老师是女的,这是自他长大以来,第一次有妈妈以外的女性拥抱他。

他摸了一把发烫的脸,他不想把今天的情景告诉妈妈,太难为情了。

# 七

这是一片90年代初建成的老旧小区，面积小，无电梯，最大的毛病是客厅和厨房在一起，进门就能看见水槽和灶台。每次她从外面回来，拐过昏暗的街角，进入这片小区，开始一步一顿地爬楼梯时，就会不由自主地在心里埋怨那个设计师：你到底经历过什么样的人生啊，居然设计出这种逼仄的房子，你还嫌生活不够乏味吗？然后再次萌生对自己的恨意：如果你的能力只够支付这种生活，又有什么权力埋怨别人呢？

房子的毛病远不止肉眼可见。小素一练琴，楼下就有人拿东西戳地板（楼下的天花板），那也不能不练琴呀。她手一挥：不管他，我们继续！第二天，她接到居委会电话,说有人投诉她家深夜发出又高又尖的扰民噪声。她还没听完就笑了:第一,我在自己家里发出任何声音都是我的权利;第二,孩子练琴通常都是晚上八点多,不算深夜;第三,素质教育是国家提倡的,不丢人,没必要偷偷摸摸,为了国家,他们暂且忍耐几年吧,实在不喜欢听,可以把耳朵塞起来。居委会不再打电话来了,但依然会在练琴时收到戳地板的声音,她对小素说:我敢打赌,不出一个星期就会停止的。小素问为什么,她撇撇嘴:因为天花板戳坏了还得他自己修。

她从小就是个犟脾气,一路长大,脾气不曾收敛半分。她非要等楼下那人停止戳天花板以后,才开始调整作息,把练琴时间放在放学以后、晚饭之前,这段时间估计那些人也在忙着做晚饭,锅碗瓢盆和抽油烟机的声音绝对盖得过小提琴的声音。

几乎没有哪个被乐器奴役的孩子没有自虐过。小素选择对自己的手指下手,美工刀、打火机、抽屉。有一次她一声不吭来到厨房,当着妈妈的面去摸灶上那只炖得咕嘟咕嘟的锅子。但她一次也没赢过妈妈,最多休息两天，伤势刚有了好转，就逼着她把琴架到了肩上。

必须让她知道自虐完全没有用，她才会停止自虐。她坚信。

她没想过要让女儿以小提琴为生，她知道女儿没那个天赋，她只是想磨炼她的意志，除了玩乐，没有哪种学习是绝对愉快的，更不存在享受型的学习，任何学习都离不开日复一日枯燥的练习，今天放弃小提琴，明天就可以放弃数学，后天又可以放弃物理，到最后，她可能会变成一个对学习完全不感兴趣的人，将来更可能变成对工作不感兴趣的人。

没想到坚持的意义会以另一种方式突然到来。她无意中得到一个消息，梨花中学的交响乐团是可以对外招考的，能进入梨花交响乐团，等于一只脚跨进了梨花高中，梨花高中，那可是人人向而往之的重点高中。得到消息的瞬间，她替小素确定了目标。

但是，每天四十分钟和尚撞钟式的练习，远远达不到梨花交响乐团的录取标准，于是，加课，加练……她给小素下了死命令：一定要考上，一定要抓住这个机会。

她仿佛看见迎面驶来一列火车，它会在她们面前短暂停留，仅此一次，以后再也没有机会遇上这趟列车，一定要上车，一定要紧紧抠住门框，站稳脚跟，就算把牙咬碎，也不能下来。

她再三审视小素的课表，如果学校里最后一节课是体育课，或是课外活动，对不起，她亲自去向老师请假，理由各种各样，预约了牙医啦，预约了骨科医生啦，总之提前把孩子领出来，进门就练琴。周末更不用说，一切课外班暂停。专业老师也被她弄得紧张起来，几次去搬来外面的大咖，给小素听一听，指点指点。当然，那些人都不会白来。她专门去了趟银行，又去超市买了红包，随身小包里总是装着三只以上的红包，因为她不知道今天会不会碰上大咖，会碰上几个大咖。那段时间里，钞票像流水一样在她面前淙淙而过。她对自己说，这是应该的，学艺术比学任何一门学科都贵，贵得多。

这期间，她接到一个通知，小素所在的青少年宫学生乐团，近期要排一个室内四重奏，作为新年音乐会的节目之一，问小素愿不愿参加，她当然是毫不犹豫地代小素答应下来。每个琴妈都希望自己家的琴童演出机会越多越好。

对此小素没有反对意见,她早已习惯妈妈像个经纪人一样围着她忙前忙后,排课调课,不过有一天,她问了妈妈一句话:如果我考进了梨花乐团,是不是以后每天都得练琴?

你觉得呢? 她严厉地反问了一句。

她知道不懂事的孩子在想什么,她开始兴致勃勃地诱惑她,给她讲加入梨花乐团的种种好处,重点高中,重点大学,在工作单位也是有特长的人,周末休息还可以继续在乐团里混,一身黑礼服,高挑细长、优雅神秘,大大小小的音乐厅,周围尽是大咖小咖,你擅长的可是带领着人类飞越现实的古典音乐啊。

我更愿意不依靠乐团,凭自己的实力考进梨花高中。小素一字一句地说。

她板着面孔,说出女儿必须面对的严峻现实:你考不上的!

那我就读一个我能考上的。

不费力就能得到的东西，不会是什么好东西。

小素显然没被她说服，但已垂下眼皮，表示出不服气的服气。

你疯了吗？处心积虑给你铺下一条好路，你还嫌东嫌西？她终于爆发了，铺天盖地的道理，缜密得刀尖都刺不进的逻辑，一股脑儿砸向气鼓鼓的小素。稍息片刻，她用一句话总结这场训话：用不了多久，十年以后，你就会感谢我，感谢我没有屈服于你的愚蠢的倔强。

小素用哭腔做最后的挣扎。

等我上了大学，我坚决不要练琴了！

可以！她大喊道。她心里有数，到了大学后，大多数人反而会去找回曾经嫌弃不已的爱好，稍加打磨，就能成为求偶期的亮丽羽毛。她克制住得意，尽量平淡地说：到了大学随便你，就怕那时候你死乞白赖地要练琴呢。

放心吧，拿到大学通知书的第一天，我就把琴砸了去，砸成粉末！

同意！她心里一震，表面上却很平静。

小素去喝水，去洗手，顺带着狠狠朝门踢了一脚，没好气地打开琴盒。她不在乎小素生不生气，连她的小提琴老师都说过，哭着练琴与笑着练琴，效果是一样的。

演出前两天，小素的黑色礼服裙到了，尽管一年穿不了两三次，她还是买了最中意的那种，本来可以选择那些价格低廉一些的，但她怕小素不喜欢，既然她对练琴不是那么享受，至少应该享受演出服，说不定可以因此爱上演出，爱上琴声，最终让别人也爱上自己的琴声。她心里有数，哪怕她不喜欢，她的水平并不差。

试裙子的时候，她察觉到小素确实对镜子里的自己露出了满意的神色，甚至允许妈妈为她拍了几张持琴的照片，这在平时几乎不可能。

黑皮鞋，黑丝袜，发饰，一样一样拿出来备好，包括一块黑巧克力，每次都是这样，考试以前，上场表演以前，趁人不注意放进嘴里，飞快地嚼烂，咽下。高纯度的巧克力使人兴奋，这正是演奏者最需要的。

虽然不是对外售票的演出，小圈子里一年一度的新年音乐会依然很隆重，连主持人都是从电视台借来的腕儿。下面的听众更是热情万分，因为都是自己的家人和亲戚，激情满满的鼓掌恨不得掀翻屋顶。尽管工作人员拿着不许拍照的荧光牌走来走去，每个人依然在奋力偷拍，甚至长枪短炮，十分露骨。

和他们相比，小素的后援团太单薄了，只有她一个人，拿着一只小手机。她斜靠在座位里，一只胳膊托着腮，长久地盯着自己的女儿。还好，跟别的孩子相比，她没有什么不同，没有更胆怯，没有更内向，总之，她所担忧的种种状况，女儿一样都没有出现。一个相熟的家长从旁路过，回过头来，大吃一惊：是你呀，小素妈妈？我差点没认出来。她吓得赶紧起身，绽开笑脸。她以为在这个角落不会碰上熟人，所以才完全放弃了表情管理。通常在熟人堆里，尤其是在大人与小孩共同的熟人堆里，她总是笑容满面，热情洋溢，保持这种面容的秘诀她已经谙熟于心，穿得漂亮点，尤其是漂亮的上衣，化点淡妆，尤其要上腮红，再喷点香水，包括大腿根部，这样收拾过后走出去，好看，好闻，好相处。

用这种办法，她掩盖了一个大秘密。小素三岁的时候，她就和小素爸爸离婚了。那是个夏天，她带着小素从家里出来，什么都没带，连一只碗、一把伞都没带，就一个大背包，里面装着她和小素的夏衣。幸亏是夏天，冬天可麻烦了，至少得拖一只行李箱，但她没法一只手抱孩子一只手拖行李箱，她始终没练出那个臂力。卡里只有八万块钱，搬出来的当天因为要住宾馆就用掉了一些。好在她要求不高，第二天就租到房子了。

小素从没觉得有什么不对，她允许她爸爸一个月来看女儿一两次，后来他自己失去了耐心，改为一个月一次，两个月一次，半年一次。对邻居，她说孩子爸爸出国了，对同学家长，她说因为工作的原因，他们不得不两地分居，只有几个不多的知心朋友知道她离了婚，且不打算再婚。除了钱，我什么都不需要了。她对好朋友们说。

她浸泡在音乐中，反省自己捉襟见肘的生活，她在想，小素始终对小提琴不冷不热，会不会跟家里的鼓励不够多有关呢？如果小素的爸爸也在场，也像人家的爸爸一样，支起三脚架，拍下整场音乐会，同时挂着相机满场跑，为自己的女儿拍下不同角度的美照，再回去热情洋溢地发朋友圈，如果小素有这样一个爸爸，她会不会比现在更热情一点呢？

小素的节目上台了，四个小姐妹，一个大提琴，两个小提琴，一个中提琴，四条黑色拖地长裙，四个幼细的小身体，四把温暖的棕色提琴，掌声中从舞台一侧逶迤而来，站定，鞠躬，坐下，再三调整坐姿，琴声响起的那一瞬间，她的泪水奔涌而出。就为了这一刻，这璀璨的、华灯笼罩的一刻，这无关紧要、自娱自乐的一刻，是多少次眼泪、多少只指端茧子换来的，跑了多少路，练了多少天，花了多少钱，怄了多少气，但是值得！哪怕就为这气氛，为她此刻又甜又酸的眼泪。掌声是送给小素的，但她觉得自己也有份，如果任由小素，她早就不练了，如果任由她的处境，也可以不练了，上课的钱，买乐器的钱，都不是闲钱，更不是专用基金，而是跟她的生活费摆在一起的，每上一次课，生活费就缺掉一只角，但她从没想过放弃，像她一样带着孩子磕磕巴巴练琴的人还有几个，后来都因为各种原因放弃了，就她一直坚持了下来。她想让小素明白，任何事情，放弃太容易，但坚持下去也没有想象中那么难，一点点压力，一点点甜头，再加上一点力所能及的用功，跟做一只甜饼差不多的道理。

维瓦尔第的《春》，久石让的《天空之城》，到了《天空之城》的后半部分，嘣的一声响，小素的E弦断了，隔着那么远，她看见小素满脸通红，慢慢地，她发现其他女孩的脸也红了，乐声顿时变得单薄。主持人走了出来，向观众致歉，领走了小素。三个女孩中出现一个难看的空缺，因为空缺的缘故，乐声更加单薄，最后竟出现自暴自弃的错音。三个女孩在稀稀拉拉的掌声中谢幕。

她冲到后台，后台又吵又挤，她在角落里找到小素，不出所料，小素在哭，眼泪淌下来，打湿了黑色礼服的胸口。没有一个人受到小素的影响，每个人都在兴奋地聊天、补妆、调弦。她挤过去，小素并没有像别的女孩儿一样，难过地扑进妈妈的怀里，而是把头垂得更低。

她抚摸着孩子的头,亲她的脸,安慰她:幸亏是在《春》之后,至少你的《春》是完美无缺的。

才不是,我有错音。

她低声说:谁都没有听出来!

我听出来了。跟她一起的女孩猛地探身过来。我也是小提琴,我的琴弦没断,我昨天重装了E弦,我也没错音。女孩既得意又兴奋,涂着胭脂的小脸微微发红。

哦哦! 她本想对四重奏之一道个歉,再赞美女孩几句的,但她突然改了口:我们小素一向是个完美主义者,从来没有对自己满意的时候。

她们想提前走,主持人过来说:等一下嘛,后面还有合影。

但小素说什么也不肯留下来了。她知道这样走了不好,又一想,孩子的承受能力毕竟有限,就说:我们回家还有好多作业要写。匆匆逃离出来后,她的脸终于无可挽回地变了。

你昨天晚上在干吗? 上战场的人能不检查自己的刀剑吗? 她低声吼道。

再往下，一个字都不说了，她意识到自己也有责任，她根本没想起来督促孩子检查琴弦，但此时此刻，如果她把责任揽到自己身上，孩子以后说不定还是会犯同样的错误，只能狠下心来，往孩子的伤口上再撒一勺盐。

孩子一路都在哭。其实她心里有数，这种内部演出，出点差错不算什么，但教训是货真价实的，与其将来出丑，不如在这个小舞台上出丑，就这点来说，她甚至是幸运的。所以她并不安慰她，任她哭，该流的泪就得流。

孩子一回家就冲到自己房间，是该抓紧时间写作业了。她去收拾房间，察看明天的课表，接收家长群的通知，检查明天的早餐。准备得差不多的时候，依稀听到小素房间里传来湿湿的吸鼻涕的声音，还在哭吗？还是感冒了？这孩子就这样，哭一场有时也能顺带着牵出一场感冒来。

她推门进去，小素坐在床沿上，左手血糊糊的，裤腿血红一遍，地上还淌下好多，圆圆的血点，有几个被踩烂，又脏又血腥。她像一片被风刮倒的纸人儿，极慢地倒向女儿脚边。她伸出手，却不敢碰女儿，她怕把女儿碰坏了。她歪在地上打了120，爬出去找钱包，找医保卡，准备水杯和外套。

女儿十分配合，按照救护人员的吩咐往上举着手，人家怎么说她就怎么做。那些人一边把女儿往担架上抬，一边一眼一眼地看她，似乎在怀疑她有虐待的嫌疑。她低着头，眼疾手快地为医护人员递这递那，心却渐渐硬了起来：她会不会觉得她胜利了？

一个救护人员低声对她说：放心，有了这次，她以后再也不敢了。她一听这话就崩溃了，眼泪像下雨一样。这已经不是第一次了，上一次也是，她不好好练琴，被专业老师说了几句，回到家她又数落了一通，她就拿美工刀割伤了自己的左手食指和中指，那次没叫救护车，是她直接送她去医院的。

爬上救护车之前，她犹豫了两秒，她是不是做错了？也许她不应该马上安排叫救护车，不应该兴师动众让人家用担架抬她，她应该让她自己走到医院去，应该让她自己承担可能出现的后果，应该在第一时间一巴掌抽过去，这算什么？抗议！有什么好抗议的，练琴的人不止你一个，你拉得又不比别人差，你不喜欢就不做？你只想做喜欢做的事对吧？猪怎么样？它就是喜欢吃，它就是只做自己喜欢做的事啊，后来怎么样？

想起刚才在孩子面前的表现，恨不得抽自己一个巴掌，她居然趴在地上，像一只发狂的哈巴狗：在哪？刀片在哪？给我，我们一起来，都不要了，一根手指都不留了，全都不要了。她找到刀片了，就在孩子脚边，一摊血迹里。她去捡，被孩子踩在脚下，她推孩子，掀孩子，想要捡起那块刀片，孩子抵抗不住，索性跪下来，抱住她的腿：妈妈你不能，是我该死，你没有错，你不要，千万不要，妈妈我要你好好的！

她不应该在那个时刻趁机跟孩子和解的，她们应该有一场冷战，应该让孩子意识到，即便割伤了自己的手指，也不会得到任何额外的好处，尤其是并不能达到自己的目的。

还有三天就是梨花交响乐团的考试日！急诊室外，她突然想到这个，顿时急得汗都冒出来了。虽然备考的曲目已经练得很不错了，但三天之内，她的手指能恢复过来吗？三天练不成琴，直接去考能行吗？她急得走来走去，眼前阵阵发黑。

孩子出来了，她把孩子委托给护士，她要去跟医生谈一谈。

看对什么而言，洗澡什么的，你就代劳了，不要沾水，定时换药，还好是左手，不影响写字。医生说。

但我指的是拉小提琴，按弦的左手很重要。

小提琴我知道。医生做了个按弦的动作，摇起了头：三天肯定不行，你知道最重的一刀有多深吗？几乎伤到骨头了，万幸没有伤到筋腱。我不知道她何时能练琴，但我知道她最少得十天以后才能拿掉绷带。

就差在医生面前跪下去了：求你帮我想想办法，你一定还有更好的办法，她有考试，很重要的考试，我们等这一天已经等了好久了，真的很重要很重要。

没有办法，真的一点办法都没。我还想问你呢，给她上药的时候，她一直在哭，我从没见过那么伤心的小孩，成年人伤心到这个程度的都很少见。一个小孩子，什么事值得她那么伤心？

要么是医生的语气不对，要么怪他不该用那么温暖那么贴心的眼神望着她，她一下没控制好，哇哇大哭起来。医生叹了口气，抽出一沓纸巾递给她。好了好了，我知道你们这些家长压力都好大，但压力再大，也不能全都压到孩子身上，大人得帮孩子顶着点，毕竟是孩子，不懂得转移，一点点不顺，就觉得是天塌下来了。

门被推开了，小素脖子上挂着左手，径直冲向妈妈。

别哭了妈妈，我们回家。小素的右手搂着她。

我现在什么都懂了，我不会再让你操心了，我真的都懂了。小素在路上说。


恢复得挺快，三天过后，只剩下一根手指不能拆掉创可贴了。

深夜，她在床上翻来覆去睡不着，心脏传来阵阵刺痛，她那个地方之前从没疼过。多么难得的机会，如果不能进乐团，以她现在的成绩，以及她学校的整体水平，绝对考不上梨花高中这样的学校。屋里漆黑一片，而她内心深处更黑,她睁大眼睛,看着自己往黑暗深处掉。

到了考试那天,她故意不提这回事,她不想把这一天又报废了。每天早上,只要她一想到考试,这一天就绝望得不像是人过的日子。没想到小素从她房间里出来时,竟然背着琴,还一脸平静地对她说:我还是去考一下吧,都准备了这么久了,也许监考老师见我精神可嘉,放我一马也说不准。

她没想到小素会这么说,想想也对,手指有伤,虽然影响演奏,但基本功在那里,内行应该看得出来。好好好,我们马上出发。她慌乱起来,原本以为今天铁定去不了的。

两人提前十五分钟赶到考试地点,考场前已经密密麻麻一片,个个背着乐器,生机勃勃,跃跃欲试。

她在小素耳边低声打气:你的实力一点问题都没有,就看发挥了。你可以拿出点狠劲来吗? 不要护疼,咬咬牙,万一伤口裂开了,不要中断,说不定那样反而能把老师给镇住,反而能给你加分呢。就两三分钟,说不定还不要,一般都不会听完的,你一出来,我们就直奔医院。

她掏出准备好的黑巧克力,放进小素口袋里。

算好了,不要吃太早,叫号到你前面一个人的时候才吃下去。

小素点头,同时伸出右手来。你可以握住我的手吗?

小手细细滑滑,冰冰凉凉。

你冷吗?

小素摇头。她就知道,孩子到底还是紧张的,但她此刻绝对不能再说别紧张之类的话,越说她会越紧张。

孩子进去了,大门轻轻合拢,像一只无形的大口,把她柔弱无力的孩子吞了进去。她的眼泪哗地流了下来,是不是太残酷了,什么样的人才可以克服伤口裂开的疼痛?她这个当妈的是不是太狠心了,可是,这真的是最后一个机会了,上不同的高中,真的就是不同的命运。她掏出纸巾,来不及展开,整块压在眼皮上,很快,纸巾都湿透了。

候考的家长们在一旁议论。

我们昨天练琴到十一点半，今天早上六点起床，又练了半小时才出发。

我们这几天也是，手指都快磨出血来了。

怕他紧张，前两天专门带他到地铁站去拉了两次，结果你猜怎么样？居然有人往他琴盒里丢钱。

哇！家长们一片叫好。

好什么好？你们以为那些人真的是被他的琴声吸引来的吗？说出来你们可别笑，他爸爸跑到地铁口，一人一张地发钱，求人家往站台上那个小男孩的琴盒里丢。他说他一共给出去了三十张五元的，结果只收回十几张。

家长们都笑倒了，她也想跟着笑，还没笑开，眼泪又淌了下来，她的小素肯定没希望了，她已经三天没碰琴，手指上还缠着创可贴，她也没有爸爸助力，唯一的妈妈其实是她的压力来源。她心中慌乱，两腿发软，找了个角落蹲下来，是她错了，还是孩子错了？她看看那些家长，她们个个光鲜亮丽，笑逐颜开，伤心得站都站不稳的只有她一个。

一个多小时后，小素背着琴，臂弯里搭着外套，不急不慌地走了过来。她一脸关切地迎了上去，却故意克制着不问她考试情况，只问：手还好吗？有没有流血？

没有。小素伸出左手，创可贴干干净净的，并没渗血的迹象。

太好了！他们让你拉完了吗？以她的经验，考官们一般不等听完就能给出成绩。

拉了一半。小素两眼望着前方，边说边往前走，表情轻松。

不错！她想，人在紧张或兴奋的时候，可能会忘掉某些不舒服，比如疼痛，比如咳嗽。

她提议在外面吃完饭再回家，反正吃饭时间也快到了，但小素说：我想回家吃，你做饭的时候我就写作业，做完作业刷点题，然后再练会儿琴。

这是最省时最有效的安排，以往都是她求着小素这么干，但总是被小素以各种理由打乱。

两天以后，她鼓起勇气去打听成绩，拨号的时候，她突然有了预感似的，整条手臂无法控制地哆嗦起来，以至于她不得不停下拨号，按摩了一会才能继续。听到电话那边的回复，张开的嘴半天合不上，像在天寒地冻的时节被人强行塞进一个大冰块。

她没有成绩，好像是手受伤了，没法拉琴。我们当时还奇怪，既然不能拉琴，为什么还要进考场呢？

她谢过人家，呆呆地坐着，半天站不起来。她回想她从考场出来，两眼镇定地望着前方，边走边汇报的样子，她的心理素质多好，根本看不出来是在撒谎。她感到她坐着的地方在下陷，无声地、一点一点地下沉，无可挽回地下沉。她以为她会崩溃，但没有，没有眼泪，没有气愤，只有一动不动的平静。再也不用打听了，再也不要关心这事了，梨花高中四个字，可以永久地退出她的关注了，一切都结束了。

不知道坐了多久，小素放学回来了，她居然忘了去接她，这还是小素第一次放学自己回家。她没有起身，继续坐在原地，盯着小素。

小素问她：你怎么啦？不舒服吗？

不，没有。她伸出手，小素走过来，她拉着她的手，往自己眼皮上贴，她想看她有没有发烧。这是她检查小素是否在发烧的手法，她没法把这只手收回来，变成一个打人的巴掌，用力甩过去。她做不到。

你可不能生病啊。

她悲哀地望着小素，一个字也说不出来。两个相依为命的人，怎么可以互相指责、互相攻击？那会让两个人都活不下去的。

小素在她悲哀的注视下，慢慢垂下眼皮，像一只渐渐收拢翅膀的小鸟，在她身边默然站立。她大概已经猜到妈妈为什么会失魂落魄地坐在家里了吧。她想起自己小时候最伤心难过的一次，一家人穿戴整齐去做客，就留下她一个，因为她在出水痘，不对，不止她一个，还有奶奶，奶奶耳朵不好，一直以来，被她深深地嫌弃。她望着渐渐走远的家人悲痛欲绝，她觉得他们都不要她了，全世界都不要她了，她满脸水痘，奇丑无比，只配跟聋子奶奶在一起，奶奶是谁？谁都不愿跟她说话的人，谁都可以吼她的人（正常音量她根本听不见）。她抬起手，正好搭在女儿瘦瘦的腰臀间，如果她使力，可以一掌砍断她的小细腰。她被自己的恐怖联想吓得闭上眼睛。

好吧，什么都不说，假装不知道那个考试结果，假装忘了曾经有过那么一场考试。她用虚弱的声音说：今天有点不舒服，现在好多了，你一靠近我我就好多了，我们抱抱吧。她听到她的声音瞬间苍老了许多。

两个人胸贴胸脸贴脸紧紧地抱在一起。她听到女儿小小胸膛里传来阵阵恐惧的闷响，她心里清楚她知道了一切，她俩心知肚明，但谁都不敢率先说出来。

她说要去卫生间，温柔地摸了女儿脑袋一把。刚一转身她就哭了，她捂着嘴，生怕发出声音。她按下冲水键，回身盯着镜子里的自己，她对自己说：你要坚守秘密到底，你要接受命运，你要像以往一样，独自一人把这一篇默默地翻过去。

她把自己安抚好了才从卫生间出来，为了避免再次接触到那个温热的小身子，她径直去了厨房，开始准备晚饭。女儿在她房间里通报：妈妈，我开始写作业了。她的眼眶又热了一下，每次她心中有愧，就会特别主动地投入到作业中去。

这个周末,她没去净心茶馆,她临时请了假,她不能和任何人讲起这次失败的考试,不想见到任何一个对小素有所了解的人,不想说话,也不想听别人说话。在这道伤口结痂之前,她不想见任何人。

她把小素送到顶慧,一路伤心地垂着头回了家。

经过一个街角,她看见一对母子一前一后在路边匆匆疾走,儿子背着书包低头走在前面,母亲落后几米远,怒气冲冲,她一看就知道是怎么回事,她真想冲上去拉住她,两人坐下来好好聊一场,但那母亲突然开腔了:你给老子站住!听到没有?声音之大,连旁边的行道树树枝都跟着抖动了几下。她以不易察觉的小动作转身,去看前面那个男生,男生乖乖地站在那里,但没有回头,就像一个突然被拔了电源的机器人。母亲一脚飞踹过去,同时骂声不绝,吸引了一条街的目光。她飞快逃走,直到听不见那些声音才停下来。当一个人站在自以为得理的一方,强势的一方,是多么恶劣多么讨厌啊。和这个失控的母亲相比,她很有成就感,毕竟她并没有率性发作,她一个人抗住了全部打击,代价就是自己瞬间失去了魂魄，她确信自己得了急性抑郁症。


顶慧的课间。三个孩子严肃地挤在一起。小素坐在中间，昊天和子涵一左一右。

子涵轻轻地碰了碰小素的左手。片刻，昊天更轻地伸手碰了碰。小素的左手已经痊愈，留下了三道红色的疤痕。

我能理解你妈妈，但我不能原谅她。子涵说。

我能原谅你妈妈，但我不能理解她。昊天说。

小素笑了：有点难看，早知会这么难看，我就不这么干了。

你太勇敢了，我可做不到，我最怕疼了。子涵龇着牙说。

那是你没有面临我的处境，换成是你，你也会的。而且，刚开始并不疼，医生处理伤口的时候才是最疼的。

需要我报复一下你妈妈吗？昊天认真地说。

你敢！再说这种话，我揍死你！小素活动活动带着伤痕的手指：你们永远不会知道，这次是我罪有应得。她没有告诉两个好朋友，这个伤口是怎么来的，今后也不打算告诉他们，梨花高中四个字，今生今世她都不想再提。

要不，我们合谋一下，哪天我把你的琴偷走算了。

什么烂点子！你偷走了她还得再花钱给我买。

还有一个办法。子涵说：你假装突然忘了怎么拉琴了，你突然变傻了。

小素打了她一下：你才变傻了呢。行了，你们都不要给我出主意了，不过，我倒是很好奇，每天放学后晚饭前，我练琴的那段时间里，你们都在干什么呢？

子涵说：还能干什么？刷题呗，看书呗。

你呢？小素看向昊天。

昊天说：我是尽量避免靠近书桌，我讨厌那个地方，我会在厨房里磨蹭，搞点东西吃啦，去阳台上逗逗我家的鹦鹉啦。

知道我那个时候最想干什么吗？我想什么都不带，就拿一杯奶茶，去路上走一走，去公园里走一走，去看看流浪猫，反正就是什么也不干，但也不回家。

你大概是那种没什么音乐天赋的人，我认识一个人，他也是拉小提琴的，是我们学校乐团的，他跟你不一样，他就很喜欢，他说他拉琴的时候，会忘掉肉身的存在，觉得他的手不是自己在指挥，而是被一种神奇的力量所控制。他说他家猫都很喜欢听他拉琴，他一拉，他的猫就坐在门边，眼睛一眯一眯的，尾巴一甩一甩的，惬意得很。他还说他的邻居都很喜欢听他拉琴，要是哪天没拉，邻居会问他：小伙子，今天是不是忘了什么事啦？听他这么说，好想也去学小提琴啊，不过那是不可能的，听说这种东西得有童子功。

貌似你很仰慕这个人呀。

是呀，那又怎样？他不光成绩好，长得也帅，还会拉小提琴，仰慕他的人不止我一个，我们约好了，大家一起竞争，中考结束时看花落谁家。

怎么竞争？竞争些什么内容？比成绩？比谁长得更漂亮？比谁更讨他喜欢？

去你的！这是我们女生的秘密。

昊天有点不服气：还竞争呢！不就是个小提琴吗？我还会打篮球呢。

那能比吗？是个男生都会打篮球。

昊天突然拍了下小素的肩：别五体投地的样子，没什么了不起的，看看我们小素，她不也会拉吗？

她？她没人家有天赋呀，有天赋的人毫不费力就能拉得很好，也带给别人享受，你看看小素拉得多痛苦，都到自残的地步了，跟人家能比吗？

小素倏地收回搁在桌上的手，脸色变得十分难看。这还是第一次，她手上伤痕被人鄙视，在此之前，虽然她很少跟人谈起，但知道她伤疤来历的人，都很佩服她，拿她当英雄看。

昊天安慰小素：别理她，她已经不正常了，已经为那个男生疯狂了。又冲子涵瞪眼睛：居然拿人家贬低我们小素，你也太情人眼里出西施了吧，这种人在情场多半没有好下场。

小素假装没事：我老师说过，天赋并不特别重要，没有天赋的人，也能拉得跟有天赋的人一样好，甚至更好。

八点半，晚课准时结束，小素没有等他们两个，径直下了楼。三个妈妈并排站在一起，望着大门。小素远远地冲妈妈挥了一下手，妈妈从三个人的群体中弹开，两人很快会合。

今天回去后，我想练下琴。

妈妈意外地啊了一声：会不会太晚呀？

少练一会儿，就练一个片段。

好，好的。妈妈的声音听上去又喜又悲，往常，只要有晚课，孩子都是顺理成章不练琴的，今天这是怎么了？那么重要的考试落选后，反而激起了好好练琴的决心吗？当然，无论何时，想练琴都是值得奔走相告的大喜事，更别说手上的伤疤刚刚结痂不久。

我是属于完全没有天赋的人吗？我指小提琴。

老师不是跟我们讲过吗？天赋这种东西也许存在，但随着年龄的增长，它的作用会越来越小，真正有用的还是理性的学习，加上长久的练习。

过了好一会，小素才说：也许有人是这样，私下默默用功，磨炼琴技，到了外面却宣称自己并没有花那么多时间练琴，目的就是想让别人赞美他的"天赋"，其实是用汗水和心机换来的"天赋"。

素妈觉得奇怪，她们很少在这个领域里展开讨论。

# 八

　　净心茶馆的包间是涵妈最先提议包下来的,她住得较远,送子涵来一趟顶慧,相当于在这个城市的版图上画一条从西北到东南的对角线。其实顶慧的分校遍布全市,但她认定了这家顶慧的某个数学老师,毅然选择离家最远的这家。为了尽量挽回路上浪费的时间,她在车上放了个折叠书桌,子涵一上车,就可以写作业。

　　妈妈的任务不仅仅是哺育,还是孩子的经纪人,从计划优生优育开始,从营养餐和早教音乐开始,她这个经纪人就上岗了,不停地联系好学校、好机构,有目的地接触小朋友,成长太快,孩子的时光都是金子做的,不能白白浪费一寸,每一次开垦都要种下最值得期待的种子。小升初那一关，她的头发白了三分之一，不亏，孩子如愿进了长尾中学。上了好学校，孩子就少走弯路，事半功倍的事，当然要拼尽全力。这是孩子的胜利，也是她这个妈妈的胜利，孩子进入初中的第一个寒假，因为小升初白掉的头发奇迹般转黑了。

每一个红绿灯前，她都在后视镜里打量孩子，孩子已经练出来了，无论开车去哪里，她都能像坐在家里一样，气定神闲地干自己的活，有这样的孩子，真的是她的幸运，简直就像超人，不知疲倦，不生厌倦，从一个程序进入下一个程序，连过渡都没有，只需换一套书本和作业。

子涵有一个好看的蛋圆形额头，当子涵还是个低龄儿童的时候，她望着这额头发过呆，有人告诉她，这样的额头是美人额，她很矛盾，她既希望子涵越长大越漂亮，又不这么希望，因为漂亮女孩总是会遭遇更多的骚扰，这正是漂亮女孩较少成为学霸的原因。目前来看，她的担心似乎有点多余，子涵的兴趣似乎只在学习上。遗憾的是，孩子这么努力，在班上也就中等偏上一点点，长尾中学的孩子们真的都太厉害了,她有个感觉,那里的孩子们都是在用短跑的速度跑马拉松。其实子涵也有自己的目标,她立志要在中考前,从中等冲到上层。

孩子有这种状态当然不是天生的。她自信从没错过子涵的任何一个重要时间节点,所有需要接入的资源都在恰当的年纪顺利接入,三岁学英语,五岁学钢琴,二年级接触奥数,家里反弹琵琶的飞天壁画是孩子用乐高一块一块搭出来的。孩子是有点辛苦,但成绩差的孩子就不辛苦吗?说不定更辛苦,因为他们没有成绩好这支骄傲带来的"兴奋剂"。她现在担心的是,自从有规律地服用"兴奋剂"之后,孩子仿佛进入一个更高频率的运转轨道,她想让孩子停一下都停不下来了。她此刻在折叠书桌上做的英语试卷,是前几天她刚刚弄到手的外地中考真题试卷,本想让她假期里做做看的,没想到她把它带进了车里,这一趟回去,少说也得四十分钟,估计到家时她已做完,且自我批改完。

在外面,她宣称从来不管孩子的学习,实际上,哪有不管孩子学习的妈妈呢?就看你管在哪个环节。表面上不管，暗地里管得铁紧，那才是个中高手。

才三十几分钟，子涵就说做完了，而且得分也出来了。

不好意思，才91分。

相当不错了，这是中考卷呢，你才初二上学期而已。她在后视镜里望着孩子笑。

下次我想坐地铁，昨天我在"我与城市"活动中丢人了，那么多人，就我一个人不会坐地铁，像个傻子一样。他们都笑我低能。

这还不简单，明天我就带你去体会一次，你这么聪明的人，一看就会，根本不用学。说实话，我真不明白有些人为什么那么蠢，居然花时间花精力去学那些大一点自然会做的事情。

没有声音，一回头，子涵已经倒在座位上睡着了。

这正是她求之不得的，她希望子涵能在开始晚上的学习之前睡一觉，对她来说，晚上不是晚上，是一天中的另一个白天，一个新的开始，利用得好的话，比第一个白天更有成效。

等红灯的时候,她压低声给家里打了个电话。妈,我们还有十分钟就到家了。

老人通常会提前半个小时把一切准备工作做好,有些菜加工到一半放好,得到她的命令,就正式点火,这样可以确保她们母女推开家门时,桌上的饭菜刚刚出锅,热气腾腾。

她坚信时间管理至关重要,管理得好,一天二十四小时可以放大到二十八个小时,甚至更多。比如现在,睡觉的孩子就像一辆正在加油的汽车,加满了油,才能跑得欢。这种时候她难免会想起净心茶馆里那两位妈妈的孩子,他们此刻在干什么呢?也许还在地铁里,也许在吃饭,可以肯定,她们的孩子没有完成一张中考英语真题卷,没有在完成试卷后又进入睡眠,没有休息,没有加油,当然也就没有精力迎接下一个白天的奋战。这就是区别,一天相差一个小时,一个月相差多少?一年相差多少?她自己当然也没闲着,她是做财务工作的,中午从来不休息,人家出去散步,躲在休息室聊天,她在抢着做下午的工作,为下一步做准备,为明天做准备,目的是可以按时下班，把下班后的时间全部交给孩子。她甚至在上班的小空隙偷偷为孩子做些事情，比如搜集各种试卷，打印各种资料（她尽量让孩子远离电子屏幕），她相信忙碌比悠闲更有效率，悠闲让人松弛，松弛意味着懒散和低效，久而久之会变得迟钝。她看到很多全职妈妈的人生走了下坡路，孩子没有变得更好，婚姻却在告急，自己的能力甚至包括容貌都在告急，一切的根源就在于她们的节奏变松弛了，松弛的后果必将是懒散。她不要做那种人，她什么都要，工作，孩子，一样都不想放弃。到了晚上，孩子写作业的时候，她打开衣柜，搭配第二天要穿的衣服，她喜欢漂亮衣服，喜欢定期淘汰旧衣服。做好这些，她会铺开瑜伽毯，做几分钟的平板支撑。她甚至鼓励子涵也在洗澡前做几分钟平板支撑，为什么不呢？成绩再好，读再好的学校，将来也是女人，也需要好看的身形和肌肉。

停好车，她轻轻地、小心翼翼地叫醒子涵。奶奶在等我们吃晚饭呢！子涵伸了个长长的懒腰说：我做了个梦，梦见我在海边，正准备下海游泳。

真的？那，就这么定了，等你一放假，我们就往海边冲。

耶！子涵马上兴奋起来，抱着水杯咕嘟咕嘟喝了一气，精神抖擞地下车，她大概还不知道，就在刚才，她又被妈妈悄悄注射了一针小剂量的"兴奋剂"。不能只有学习，还要设计一些小惊喜，她已深谙此道，如果她不许诺一个旅游，而是说，快点下车，快点吃饭，吃完了赶紧写作业，孩子身上的疲倦不会消失，久而久之，必会心生厌倦。任何人都是如此，哪怕是钢铁做成的，也需要润滑。

依旧是有条不紊地为第二天做好准备，孩子洗澡时，她第一次动了看看子涵书包的念头。书包可真沉，她打开一个小书包，看到了一沓数学卷子，她不知道孩子已经考了那么多次，看起来比她汇报过的多得多，她一份份浏览，心跳渐渐加快，有份卷子居然只有85分，她从没听说过她还有这种成绩，她所有的汇报、向她展示的考卷，都是90多分的。关掉大灯、只剩小台灯的卧室里，她瞥见自己投在墙上的影子，她看到影子的胸部一起一伏,像刚刚跑了3000米。

一阵手边的振动,她吓了一跳。是孩子的,藏在枕头下。有消息来。

明天,南京路见。

我 iPad 已备好,听说冯提尔拍完此片即被他的国家驱逐。

南京路是子涵明天要去学英语的地方。她竟不知道子涵还有这个微信群。她往前翻,看到了子涵的发言:我家雌虎虽然超级严厉,零用钱倒是不愁。

雌虎?她是雌虎?她差点叫出声来。

另一个人的发言更是让她火冒三丈:你家雌虎一看就是那种人,虚伪、尖刻、假正经。

子涵竟在下面说:挺好,每个人都会成长为母亲的反面。

涵妈忍不住怒气冲冲往卫生间走,正要质问,听见孩子正边洗边轻声哼唱着什么,不禁停了下来,如果她此刻进去,孩子肯定不会继续唱了,而她要是因为微信上的对话而质问孩子,她们的这个夜晚肯定彻底毁了。

她扶着门框站了一会，退了回来。睡得太晚的话，绝对会影响她明天上课。

她来到厨房，给自己倒了杯凉水压惊，没想到她竟是这样一个双面子涵。

一杯凉水喝下去，她醒悟过来了，她相信微信上的那个子涵不是真正的子涵，不是随时都能向她撒娇的孩子，那只是同学中间的子涵，外面的子涵。每个人都要确立自己的人设。这是子涵的原话。

子涵在卧室里撒娇：妈咪！你今天不来给我捏脊吗？

幸亏她刚才没有冲过去质问她。

触抚法，这婴儿时期养成的习惯，一直延续到今天，子涵很享受这一套，不捏脊就睡不着。她经常一边捏一边问她：将来上大学去了，妈妈不在身边了，那你就不睡觉了？子涵脸埋在枕头里说：那你就到大学外面租个房子，我天天回家睡。她在她屁股上打了一下：我才不要去，我巴不得快点把你赶走，好过我的清净日子。

时间过得真快啊，捏着捏着，幼细的脊背宽阔如成人，屁股高高隆起。她跪在她后面，一边捏一边试探着问：在学校有好朋友吗？

没特别好的，都还可以。

小圈子、小群体总有吧？

有是有，但都不是自己选的，是自然形成的，比如历史老师让我们分组讨论专题，我们就得建一个群，语文老师让我们互相检查古文背诵，又得建一个群，社团活动比如影视组的人，更要建群，因为经常要发布消息。

幸亏刚才没有冲进去质问她，也许只是群组内的聊天。

这些小群里平时也聊点别的吗？她继续试探。

有时候吧，不过到底聊了什么我已不记得了，我又不常看，等我看到的时候大多已经是过期的消息。

她慢慢放下心来，那些小群应该还没有影响到她，不过，那些不到90分的卷子呢？因为没考好就不让她知道，这不就是撒谎吗？撒谎多了会升级成什么？她刚要开口，一阵深沉而均匀的呼吸传来，子涵睡着了。她赶紧将孩子身体扳正，替她盖好被子。

她看了看时间，本来想等一会子涵爸爸的，现在决定不等了。他常年处于家庭生活的缺席状态，一年当中，他至少有三百天晚归。开始她还问他在忙些什么，他也主动向她汇报，在哪里、大概几点回、别等我之类，后来渐渐不汇报了，她也不问了，她觉得自己就像个门房老头，按时开门，按时关门，别的概不多问。她是货真价实的"丧偶式育儿"啊，但她从不把这个说法讲给子涵爸爸听，不吉利，也没必要，她早就把他从这场马拉松战役中剔除了，因为他有自己的世界，他是个资深股民，无论何时，他的手机里都充满了股市信息，到底赚了还是亏了她不知道，她只知道他长年沉浸其中，难以自拔。很多时候，她感到自己活得像个单亲妈妈，孩子爸爸像个影子一样，偶尔出现在他们的生活中，不过，孩子爸爸有自知之明，他曾开玩笑说：别看现在我在这个家好像没那么重要，等你老了，你会发现我才是这个家最有力的支撑。他指的是钱，他许诺等他们退休时，他会送给她一个大别墅。她哈哈一笑，不过她也给了他一个警告：你最好兑现，否则你对不起这么多年的缺席。不过有一点她深感庆幸，虽然他缺席，但他并不出轨，不是他多么自律，道德感多么强，而是股市对他而言实在太有魅力。

她刚上床，子涵爸爸就回来了，她听到他开灯，换鞋，放包，喝水，听到他重重地坐下来，然后便没有声音了。肯定在看手机。一回家就埋头看手机，坐马桶、吃饭、上床后入睡前，都要抱着他的手机，不肯落下一条信息，所有的股市信息都看完了，还要去看他的订阅号，他一共订阅了五十几个公众号，每天新的推送都要看完，订阅号看完了还要去知乎上闲翻，他真的蛮忙的，忙得连说句闲话的工夫都没有。

她闭着眼睛装睡，他假装不知道她在装睡。她早已放宽要求，就算他喝醉了，也知道回家，就算他醉得没法走路，爬也要爬回家来，都这么死心塌地了，还要求他怎样呢？反正她又不用处理他的秽物，家里有妈，还有钟点工，她唯一要做的只是忍受几个小时他的噪声和气味，所以还是把注意力放在最要紧的事情上吧，孩子才是当前最值得关注的对象，错过这几年，可能错过孩子的一生，而男人，他永远在这里，就算他的灵魂沉浸在手机里，他的身体也还在她身边，这就够了，等他们都老了，他仍然会像年轻时喝醉了一样往她身边爬，而且是背负着一个大别墅往她身边爬。这么一想，她对他就生不起气来。

用什么办法才能让子涵主动交代她那三张90分以下的卷子呢？她睁着眼睛，似乎想要洞穿这黑暗。她觉得她的家就像一只在大海中关了发动机的船，波涛中安然沉睡，但她不能睡，危险就在不远处蜷伏着，等待着，随时随地都能让他们灰飞烟灭，她必须时刻保持警惕。

这个周六，她最先到达净心茶馆，素妈说她要去买点东西再过来，昊妈说她有点急事要办，半个小时后才能到。

茶水送上来的时候，老板娘似乎想留下来跟她说说话。

看到你们这样，我好难过。我也是妈妈，我儿子十五岁了，初二了，可我什么也没做。

天哪！真看不出来，我一直以为你还是个小姑娘呢。儿子在哪上学？

我把他放在老家了，他在老家的那个学校还不错，是当地的一中，我哥是一中的数学老师，跟着我哥，我还是比较放心的。

多好啊，不过，还是很想他吧？接过来呀！

店里比较清闲，老板娘索性站在一旁跟她聊起来。其实我这边还有个儿子，是他的儿子，比我儿子小。我跟他处得蛮好的。我是这么想的，我用心对他的儿子，他对我只有感激，要是两个儿子在一起，免不了会有些摩擦，反而对我儿子不利。再说了，他要是过来的话，考试还得回去，因为学籍在那边，他在学校是尖子生，是学校的重点关注对象，他骄傲得很呢。

又是好学校，又有舅舅关照，当然是留在那边好，你的决定非常正确。

舅舅家有个妹妹，比他低一年级。他成绩好，舅舅脸上有光，回家可以带动妹妹一起学习，舅妈也开心。

总之，他把自己的小环境弄得蛮舒服的。然后，我给我妈在学校旁边租了间房子，专门给两个孩子做饭，中饭和晚饭，晚上回舅舅家写作业、睡觉。

为什么不直接把外婆安排在舅舅家呢？

那不行，家里人太多了，时间一长，舅妈会有负担的。

你真的是情商超高，方方面面处理得滴水不漏，难怪你儿子成绩好，有这样的妈呀！都说孩子的智商通常都是妈妈遗传下来的，在你身上算是见证了。

她说：然后你这边专心对待丈夫和继子，又能俘获父子俩的心，征服了他们俩，对你自己、对你儿子又是有百利而无一弊，哎呀你真是太聪明了。

有没有征服他们俩我不知道，但我知道他儿子在作文里面写到我了，第一句话就是：我有一个美丽而善良的继母，结尾是，我不能再夸她了，因为我怕我两个母亲当中的另一个 —— 我的亲生母亲会吃醋。

我一个外人都有了幸福满满的感觉呢。

等学校放假了我儿子会过来玩，到时我让他来见见你这个学霸妈妈。别谦虚，你们来了这么长时间，我都听出来了，你家子涵是个真正的学霸，比那两个妈妈的孩子都厉害。

嘘！快别说了！你才是学霸妈妈呢。现在我知道你为什么会有两个酒窝了，有这么好的儿子，这么好的家庭，可不得天天笑吗？笑多了，酒窝自然就长出来了，像我们，一天到晚替他们发愁，哪里笑得出来，当然长不了酒窝，只能长皱纹。

大笑声中，昊妈和素妈并肩出现在门口，老板娘赶紧撤退：你的好朋友来了，我走了，下次再聊。

自然要把老板娘的情况向刚到的两个妈妈转告一番，素妈听了大感兴趣，当即就要把老板娘叫过来取经，被昊妈一把按住了。

你不知道吗？这就是个最普通的套路呀，把孩子送回老家中学，下面的好学校抓升学抓得才凶呢！军事化管理，魔鬼训练，个个都是考试机器，轻轻松松就把我们的孩子比下去了。前提是你下面要有人给你安排，另外还要有人陪读，没人陪读的话，也是有风险的。

老板娘又过来了，她送来一只免费果盘。这是今天刚到的本地香瓜，不好意思，我不小心偷听到了你们的对话，不过我的儿子可不是你们说的那种考试机器，他篮球打得特别好，他是他们学校篮球队的前锋。

昊妈好尴尬，赶紧解释：我说的是那些被吹出来的典型，你儿子当然不是那种情况，你儿子走的是精英之路，你将来要跟着他享福的。

老板娘放下果盘走了。为了专门过来回应昊妈关于"考试机器"一说，竟不惜送上一只果盘。三个女人相视一笑，接下来都有点沮丧，仿佛不知不觉间输了一场比赛。涵妈似乎还嫌不够，继续往伤口上撒盐。

有些人就是命好，天生就有好配置，再看看我们，每个周末都在陪孩子上培优班，为机构送血汗钱，就连剩下来的那点小零花钱，都要心甘情愿送到机构旁边的小茶馆来，这么拼，就差"精尽人亡"了，还是没见到啥成效。

昊妈突然把杯子一蹾：给你说得我都愤怒起来了，走！不喝她家的茶了。

涵妈赶紧扯住昊妈的胳膊：下课还早呢，你想去哪里？难道要让星巴克再赚我们一次？至少今天要坚持到下课。

素妈笑起来：我们是不是太天真了，一个人用语言描述的生活，无论是口头描述还是文字描述，都不可能客观，甚至可能有心理补偿的成分，反正她知道我们不会去求证。素妈看了老板娘那边一眼，低声说：如果情况恰恰相反，作为一个母亲，极有可能产生幻象，并且信以为真，借此转移痛苦，安慰自己。

两个妈妈都觉得她的分析从逻辑上讲是成立的。

昊妈放下茶杯。说点高兴的，我家昊昊那件事终于摆平了，昨天晚上很高兴地对我说：请叫我昊天中队长！

气氛瞬间被点燃，纷纷向她祝贺，要她请客，昊妈欣然应允：要不就今天晚上？是该好好撮一顿、驱驱霉味了。

昊妈在手机上订了餐馆，就在学校附近，孩子们下了课就直接过去，离地铁很近，吃完了赶紧回家，不耽误写作业。

三个妈妈在顶慧大门口接到了三个孩子,听说要聚餐,孩子们高兴得直蹦,这意味着难得一见的狂欢骤然降临。

昊天抢上前对妈妈说:我知道地铁站里有家新开的猪排店,就是我跟你说过的那个网红店,"比脸还大的炸猪排",他们刚刚在这里开了家分店,你们先点菜,我们三个去买炸猪排,然后我们带回来大家一起吃,怎么样?

昊妈有点为难。下次不行吗?今天我们要吃大餐,猪排会不会有点多余?

不要嘛,虽然我已经吃过了,子涵跟小素还没吃过,机会难得,让她们也尝一尝嘛。

孩子因为春游事件压抑了这么久,也该让他放飞一次了,就点了头。三个孩子怪叫起来,撒丫子就跑。昊妈看着他们,不禁想起他们小时候,也像今天这样,动不动就风一般往前跑,不过那时她们三个大人不像现在这样站着不动，那时她们会紧跟着冲出去，做好随时保护他们的准备。

素妈也在打量孩子们飞跑的背影。昊天到底是男孩子，比两个女孩高出许多。希望他们三个能够一辈子这么好下去。她说。

三个人进了餐馆，人很多，幸亏昊妈提前预订了，不然这会儿肯定排不上队。她们飞快地点菜，千叮咛，万嘱托，再三要求给她们加速。二十分钟过去了，三十分钟过去了，终于要上菜了，三个孩子还没影儿，涵妈说：我去把他们抓回来。素妈说：我跟你一起去。

三个人当中，最着急的就是涵妈，她已经看过两次表了，她没想到餐馆会有这么多人，今天晚上算是彻底泡汤了。

她们刚走，昊妈就掏出一只红包，悄悄塞进素妈的黑色帆布包里。从她们俩去找李小琼那天开始，她就一直存着个心思，要找个日子，好好答谢素妈，今天昊昊放学回家，对她说出"请叫我昊天中队长"时，一股热浪直冲心头，差点就当着孩子的面流泪了，她立刻想到，没有素妈帮忙,不可能有这个结果,冲动之下,她躲到房间去包了个红包,又在红包里放了张小纸条:朋友大恩,永世不忘。素妈值得她的大红包。

好了,这事总算告一段落了,前前后后花了一些钱,但花得不冤,在孩子爸爸一概不知的情况下,帮孩子解除了一个大危机,她很有成就感。

地铁站就在旁边两百米远的地方,三个孩子没回来,两个去催促的大人也没回来。昊妈打通了孩子的手表电话。

来了来了!声音呼哧呼哧,看来正在往回走。

几分钟后,三个孩子喘着粗气冲了进来:出事了出事了!有人掉下去了!轮滑那边。一个女生摔下去了,越过栏杆摔下去的。死了,我确定她已经死了。也可能只是摔昏了,没那么容易摔死的。你没看她躺在那里一动不动?我们离得太远,分不清是昏过去了还是死过去了。

两个大人显然也是一路议论着走过来的,脸色凝重,一副发生了大事的表情。她们告诉昊妈,真的出事了,她们赶到那里的时候,已经拉起了警戒线,两个警察站在那里,地上什么都没有,摔下去的孩子弄走了,练滑板的孩子也都不见了。

但他们看到了。两个妈妈一起扭头看向三个孩子,忧心忡忡。

菜越上越快,昊妈催他们:先别说那些了,赶紧吃饭!昊昊你买的猪排呢?

没买成,我们刚一进去就碰上了这事。

涵妈也暂时摁下了忧虑,大声催促起来:吃饭吃饭!今天拖得太晚了,再拖下去变成夜宵了。

本来是庆祝的晚饭,大家却都吃得很草率,一来昊妈交代过两个妈妈,不要当着孩子们的面提中队长竞选成功的事,一提这个,必然会想起春游带来的麻烦,好不容易过去,她不想再提,今天就是简单的周末聚餐。二来孩子们心思不在饭桌上,他们似乎都被刚才的突发事件打击到了,一个个魂不守舍的样子。尽管如此,涵妈还是举起杯子说起了祝词:祝我们的孩子天天进步!祝我们的妈妈青春永驻!两个妈妈跟着喊:天天进步!

青春永驻!

三个孩子谁也不吭声。素妈敲了敲桌子:给点回应呀你们,太冷漠了吧?小素说:怎么回应?青春永驻也许可以伪装,天天进步太难了呀!子涵也对自己的妈妈说:你的祝词很不科学,进步之间必须要有退步,才有产生反弹的空间,也就是你要求的进步的空间。青春永驻就更扯了,以后不要说这么没水准的话。

三个妈妈被逗得哈哈大笑。

笑声渐息,小素突然向子涵举起杯子:祝你竞赛成功!说完还眨了下眼睛。子涵猝不及防,又不便说什么,只能端起饮料大口大口喝。涵妈问她:什么竞赛?我怎么不知道?

啊!体育课上的跳绳比赛,我们自己弄着玩的,所以没告诉你。子涵一脸镇定地放下杯子。

小素也反应过来,对涵妈说:对对对,跳绳比赛,我还准备把这个活动借到我们班上去呢。

只有昊天一直没笑,但他明显心里有事。昊妈碰了他一下:你怎么啦?呆头呆脑的。昊天若有所思地对妈妈说：之前每次来这边上课，我都见到过有人在那里练轮滑，印象中好像都是男生。

别发神经了！吃饭就吃饭，一次只做一件事！

昊天似乎走不出来，居然迷迷怔怔对妈妈的吼叫应了声：好。大家又一次哄笑起来。

你们说，她会不会摔成植物人呢？昊天问身边两个女生。如果是那样，真不如摔死了好。小素白了他一眼：这就是你的生命观吗？一个活着的生命，没有健康了就要剥夺他的生存权吗？生命的价值仅仅在于健康吗？子涵也说：很多植物人最后都醒过来了。

二十分钟就结束了晚餐，昊妈有点扫兴，兴冲冲请客，结果餐桌上一点氛围都没有，尤其是几个孩子，要么心不在焉，要么一直在地铁事件里打转，大人又只顾催他们快点快点，吃完了回家写作业。总之，她感觉吃了跟没吃一样。

碰巧这天大家都坐地铁回家，于是一起往地铁站走。

这一站叫地下商城站，两条地下铁在这里交汇，人流穿梭不息，各种商铺应有尽有。尽管如此，地铁站仍在扩建，第三条线即将开通，因为在建工程的缘故，地下商城外沿出现了很多空旷的角落，练街舞的，练广场舞的，拉琴的，卖小商品的，很快将这里挤成了一片热腾腾的夜市。昊天向上指着一个突出来的有栏杆围着的平台：他们就在那里练轮滑，那个女生就是从那个地方掉下来的。

昊妈看了看，下面是坚硬的水磨石地面，真是从那个地方摔下来的话，估计凶多吉少。

她突然从栏杆上面飞了出来，叭的一下摔在下面，刚落地的时候她的腿还在动，像兔子腿一样蹬得飞快，很快就不动了。昊天睁大眼睛，满脸惊恐，当时的场景无疑已经深深印在了他的记忆里。

怎么就飞出来了呢？栏杆还有这么高呢，是她炫技炫得太厉害摔下来了吗？

不知道，没看清，我们这里视线不完整。

他们就不应该在这里玩滑板，应该到专业场地去。

昊天突然说：我觉得说不定是有人把她摔出来的，那里有个大柱子挡住了我们，所以我不是很确定，当时我们正急着往猪排店赶,我走在最前面,突然听到后面叭的一声巨响,回头一看,那个女生正好着地,我不知道她们两个看到没有,反正我是看到了,栏杆上方有一双手,注意,那双手不是扶在栏杆上,而是悬空的,非常快,大概只有零点一秒,手就不见了。昊天模仿了一下那双手的样子。对了,我好像还看见了那双手有一个荧光绿色的袖口。

涵妈紧张起来:别瞎说,这可不是开玩笑的。

素妈说:你看到那双手的动作了吗?

那倒没有,因为很快,真的可能就只有零点一秒,就缩回去了。

也许只是想抓住她,但没抓住。

昊天歪着头想了想说:对哦,也许只是想抓住她。反正我也没说错,我真的看到了一双手,至于那双手干了什么,我就不知道了。

每个人都盯着拉警戒线的地方,谁也不出声。素妈似乎想缓和一下气氛:应该还好吧,目测那个距离也就两米来高,应该不至于摔得怎么样吧。

说到高度，昊天来了劲，说他就曾经从学校的升旗台上跳下来过，那个高度是一米八，比这里矮不了多少，他跳下来什么事也没有，但也有其他男生脚踝骨折了，但如果是头部先着地的话……

昊妈在他屁股上捶了一拳，打断了他：我打你这个不要命的捣蛋鬼，你下次再给我跳一下升旗台试试！你要是跳出个腿断脚断，踝骨骨折，我是不会管你的，我看都不会看你一眼，你自己爬到医院去。

昊天根本没在意妈妈的教育，妈妈捶他那一拳就像捶在别人身上一样，他小声嘟囔了一句：也许是谋杀。

小素也在回忆当时的情景：昊天，被你这么一说，我觉得我好像、似乎、可能也看到了栏杆上方那双手，很快很快，比一晃而过还要快。

对吧？你也有印象吧？真的有一双手吧？昊天得到小素支持，激动起来：非常非常快，像小鸟一样快，不，比小鸟还要快。

两人一起转向子涵：你呢？

子涵看了妈妈一眼，果断地说：我就没往上看，我一直在看地上的女孩,我看到她一条腿动了几下,不像是她主动做出来的动作,而是神经质的抖动,对了,是抽搐。

昊妈挨个儿打量三个孩子:我要警告你们,不要好像似乎可能,不确定就不要乱说,这种时候乱说会误导别人的,是要负责任的。

昊天举起一只手:我正式声明,我看清楚了,虽然我不知道那双手干了什么。

昊妈一把打落他举起来的手:春游的教训还滚烫着呢,你就忘记了。给我闭嘴!不说话没人当你是哑巴。

小素妈妈也对小素说:这事到此为止,除了我们这些人,到了外面千万不要乱说,万一你们看错了呢?


因为车拿去修了,涵妈只能跟女儿坐地铁回来。

一路心急如焚,乘公交太浪费时间浪费精力了,要是有车,这会儿子涵已经不知写了多少作业。

但子涵似乎很开心,沿途感叹不已。哇!这一带的树这么漂亮啊！我闻到树木的味道了，真舒服！像在森林里。妈妈，其实坐地铁也挺好的，一路上可以跟人说说话，还能看到形形色色的人，出了站，还可以走动走动，开车的话，这些都感受不到。

涵妈不喜欢听她这么说，但又不想跟她唱反调，就沉默着。

本来我还想这个暑假去学滑板的，看到那个女孩以后，我不敢了。子涵突然提到地铁站的事。

昊天所说的那只很快很快的手，你真的没看见吗？

其实我有那么一点点模糊的印象，但我又不确定，刚好你那时看了我一眼，我当然懂得你的意思，所以我就说我没看见。

谨慎一点总是好的，多一事不如少一事。

如果我说我没看见，而不说只有一点点模糊的印象，算不算撒谎？

第一，没有人会来问你，你不用准备答案。第二，如果你不想搅和到一个麻烦里面浪费时间，不知道、没看见，任何时候都是最好的回答。第三，这事他们两个已经给出答案了，不需要再有第三个。

两人默默地走了一阵，涵妈忍不住直截了当地问：为什么你书包里还有几张八十几分的数学卷子？

子涵倏地回头，看了她一眼。

她不想给孩子解释的时间：这种卷子，一个学期最好不要超过两次，否则你很快就会习惯它的，一旦习惯了，你就完了。

子涵一声不吭，加快速度往前冲去。涵妈惊呆了，傻傻地站在原地，她还是第一次看到孩子有这种反应！她想大声把她叫回来，可一看周围，马上改变了主意，快步跟了过去。这一带比较偏僻，万一遇上坏人怎么办？她想象一个坏人从路边黑暗的树篱里钻出来，捂着孩子的嘴，将她拖进暗处，而她浑然不知，继续往前赶，到了家才知道孩子并没回来。千万不要发生这一幕啊，她越想越怕，最后竟小跑起来，直到子涵重新出现在她视线里。她再也不敢分神了，一路直直地盯着孩子的后背。

孩子大了，听不得批评了，这可怎么办？难道以后每次都允许她这样气冲冲地跑掉？可恶！

还好，子涵慢了下来，似乎在等她。终于追上了，子涵气呼呼地转过身：你以为我不伤心？你以为我不要面子？考砸了很丢人的！

我不是在批评你，我是在提醒你。

我已经提醒过自己几万次啦！我恨我自己，为什么这么笨，为什么总是不如别人，别人轻轻松松就能考得很好。

她去拉孩子的手，被孩子甩开了。

没有人轻轻松松就能考好，世界上根本没有那种人，就算有，也是装出来的，是放给别人看的烟幕弹，你可不要上当。

孩子哭了起来：真的有那种人，无论哪个科目，他们稍稍听一遍，就全都掌握了。

不可能！他们肯定早就提前学过了，没关系，等放假了我也去给你找个提前学的班。

子涵抹了把眼泪，猛地冷静下来，不能再闹了，再闹下去，她会给自己报更多的班，会把她的时间安排得像水平面一样没有一丝缝隙。

这回她再去拉她,孩子没躲了,但胳膊还是僵硬的。我知道你很辛苦,我都知道,我也心疼,但有什么办法呢?一切都是有时限的,这几年不努力,一辈子都会为它买单。

我都知道,别说了好吗?我已经拼尽全力了,我不能使出更大的劲来了。

好好好,不说了,我今天有点失控,我们说点别的好吗?我们说说暑假的旅行,你是想跟同学一起去,还是就我们俩?

不要旅行,我不配有旅行,我去上课外班,去学下学期课程,我哪里都不去。

我不喜欢你气鼓鼓的样子。她快要忍不住了:不是只有你一个人辛苦,每个人都是如此,你看人家小素,除了跟你一样刷题,人家还要练琴。

那你知道她自残的事吗?为了逃避练琴,她不止一次割破自己的手指。

她吓得不敢吭声了,小素,那个瘦瘦高高的温柔的小女生，穿着洛丽塔裙子像卡通画上走下来的小女生，竟然做出如此暴烈的事来。如果孩子们私下交流这些事，坏情绪会不会传染？子涵会不会学他们的样子做傻事？

孩子在前面走，她低着头跟在后面。该是她这个当妈妈的做出决断了，她的孩子不能再跟那两个孩子近距离接触了，一个自残，一个骂人，骂到人家投诉到学校，差点招来处分。从小学二年级开始就在一起，实在是够了，不怪子涵，是他们自己变了，不再适合做子涵的朋友了，物以类聚人以群分，到了该说再见的时候了。

# 九

第二天，地铁站意外死亡事件在各个信息平台传开了，女孩的致命伤是颅脑损伤，但在此之前，她身上还有多处伤痕。

涵妈正在单位里午餐，看到这条新闻时，瞬间石化，原来那天晚上她们真的撞上了大事。手忙脚乱放好餐盘后，她第一时间将这个消息转到了顶慧仨。

你们还记得吗？昊天说过他看见了栏杆上方有一双手，非常非常快，一闪而过。原来昊天真的没看错。

昊妈也看到那个消息了，她突然有种不好的预感，见涵妈这么一说，立刻心跳加快，赶紧跟了一条：涵妈，千万别把刚才说的话传到网上去，搞不好会有人来取证的，搞来搞去麻烦死了，你知道我们刚刚才从春游事件里摆脱出来。

不会不会，你放心！就在我们这个小群里说一说，那个女生的家长该怎么办啊，这辈子算是完了，走不出来了。

素妈也安慰昊妈：你也不要太紧张，地铁站里有监控视频，人家调出来一看就清楚了，根本不用找人取证的。

三个人刚刚聊完，一回身，发现办公室的人都在谈论这件事，有人过来向她求证：记得你家女儿好像是在那一带上课，你没听说这事吗？就连出差在外的好朋友同事，也纷纷从外地转发消息回来向她求证。因为她与事发地的关系，越来越多的人向她这边围拢过来，大家谈起那个女孩，女孩的家人，谈起熊孩子们，谈起课外班，以及青春猛于虎的话题，刚开始涵妈还能控制住自己，随着谈论的深入，她越来越失去警惕，甚至产生了一种错觉，觉得自己一下子成了话题中心，有了一种奇怪的光环，那是一种类似握住了某种权力的感觉，尤其当她看到一个跟她关系最好的同事从遥远的出差地给她发来消息时。

我能怀疑这是谋杀吗？如果是真的，以后咱们的孩子还敢不敢坐地铁了？同事悲愤地发问。

一种莫名其妙的情绪控制了她的手指，令她突破防线，说出了心里话：我身边一个小朋友正好目击了这件事，他说他似乎看到了栏杆上方一双手闪了一下，在此之前，他经常看到有人在那里玩滑板。当她点击发送时，脑子里还有类似自我辩解的声音：这只是两个好朋友的私聊，私聊当然要说真话。

哇！这可是小证人呢。

咱们得替小朋友考虑，千万不要说出去，再说，人家也不需要证人，现在监控探头那么多。

唉！想想那个女孩的家长，养大一个孩子多不容易啊，这家人以后可怎么过呀。

谁说不是呢，每次看到这样的新闻，我都要恐慌好长时间，不相干的人只会说好快呀，眨眼间就长大了，只有做过父母的人才知道每一天都是那么漫长，每一个钟头都有风险。

与其让危险在前面潜伏着,不如让它早点现身,全都现身,一一排除,留一个光明的未来给他们。

将近下班的时候,她打开朋友圈,赫然发现出差的同事将她们的对话截了两个屏,发到了朋友圈,还好她把两个人的微信名都打了马赛克,配文是:愿你坚强,陌生的妈妈。

既然匿了名,也没什么不好,不过是对今天的新闻做一个回应而已。她不认为每个人都会对今天的地铁站新闻有兴趣,就像并不是每个人都对孩子感兴趣一样,这可是她当妈妈以来的切身体验。

她甚至觉得自己也应该转一下。她真的转发了。谁也不会知道这是哪两个人的对话。

昊妈很快就私信了她:你还发了朋友圈了?不是叫你不要说出去的吗?

不会有人看得出来的,你放心,我的朋友圈就几个同事同学,没什么传播能力,不到半天,这事就过去了,马上就会被新的事件所覆盖。

不会带来什么麻烦吧？你知道我最怕麻烦了。

你过于敏感了，随便发一条朋友圈，就被不相干的陌生人看到啦？就顺藤摸瓜找上来了？那是电影里才有的情节好吧。

你有所不知，我们昊天从小就运气不好，本来不相干的事，也能找到他头上来。

放心吧，我们的警察还是很厉害的，估计这会儿案子已经破了，人家不会完全没有头绪就披露出来，那会给他们造成很大压力的。

这话说了不过半天，傍晚时分，突然有人要加她好友。她第一反应是，不会真的是跟那件事有关的人吧？马上又否定了这一猜测，因为家里有学生的原因，经常会有些教育机构的人冒出来要加她微信，不理就完了。但是，万一是跟那件事有关的人呢？拖了好一会，终于没能抵挡住好奇心的骚扰，她回应了。实在不堪其扰的话，她再拉黑对方不迟。

对方就像一直蹲在她面前等着她的回复一样，马上就发来了第一条消息。

你好！谢谢你愿意加我。

她正要回复，对方仿佛拧开了水龙头，一条条消息流水一样淌了过来。

我在朋友圈里看到了那两张截图，费了很多心思才打听到你。

我就是地铁站那个不幸女孩的妈妈。

"我身边一个小朋友正好目击了这件事，他说他似乎看到了栏杆上方一双手闪了一下"，我对你朋友圈中这句很感兴趣，请问你可以联系上这个男孩吗？

你可以让我跟这个男孩的父母联系上吗？

我可以跟你见个面吗？

我必须弄清楚她到底是怎么掉下去的，地铁的监控正好拍不到那块区域，她算不上滑板爱好者，她的滑板是三天前在网上买的，总共才玩了两次，现在他们怀疑她是动作太大，飞了出去，说她身上的伤是之前练习滑板摔出来的，一个初学者，能站上滑板、能在滑板上保持平衡就相当不错了，不存在什么动作太大导致飞出去的情况，更不可能在挑战高难动作时产生失误。

我真的很想跟你说过的那个目击者小朋友聊一聊,我很想很想找到他,我一定要亲耳听他告诉我,他到底看到过什么。

你还在吗?求你了!见她总不回应,对方总算暂停了一下。

她目瞪口呆,浑身僵硬,仿佛看到昊妈正横眉立目地站在她面前骂她:叫你不要发不要发,看看你干的好事!

她不得不回应那个人,一个绝望到疯狂的妈妈,就算她不回复,她也能通过某个出其不意的渠道,突如其来地出现在她面前。

这位妈妈,我非常想帮你做点力所能及的事,但是,没有监控视频的话,光凭一个不太确定的目击,是没什么用的。她很谨慎地回应了。

你放心,不止他一个目击者,当天看到这一幕的还有好几个,我手头已经有好几条了。我正在尽可能多地收集证言,我不想忽略任何蛛丝马迹,也许在你看来是不太确定的信息,但几个不确定凑在一起,说不定就能说明一些事情。

无论如何也不能把昊妈的微信转给她，就说：我不能告诉你他是谁，我没这个权力，别说他不是我家的孩子，就算是我家的孩子，不经他同意，我也是没有这个权力的，但我可以告诉你，孩子刚从顶慧下课，是周六晚上的数学课。我只能说这么多。

对方好像也没有追问更多的意思，只说以后可能还会打扰她，就下线了。也许她还有更多更有价值的信息吧。这么想着，她的心情渐渐平复下来。

她点开对方的朋友圈，对方设置了只展示十天，过去十天里，她只发过一条朋友圈，是关于她女儿的，似乎是在过生日，蛋糕拍得很美，可惜女儿脸上被贴了个猪猪脸，看不清五官。配文有点好玩：不是生日，只是想吃蛋糕。猪猪脸下，她看到了一点点女孩的下巴，从清秀的下巴线条来看，女孩笑得很开心。

考虑到她提供的信息似乎并没引起对方太多的重视，她便没把这事告诉昊妈，以她对昊妈有限的了解来看，如果对自己没什么好处，她相信昊妈绝对不会去帮别人做点什么,不是出于恶意,仅仅只是怕麻烦。

她以为接下来至少一两天,那个女孩的妈妈会不停地找她、问她,没想到再也没有音信了。这是个什么样的妈妈呢?她是因为伤心过度倒下了,还是在继续疯狂地收集证据呢?

转眼又是周末了。刚把子涵送到顶慧门口,就看到顶慧门口围着一堆人。

她停好车,绕了回来。顶慧门口很少出现这种人流聚集的现象,他们的保安比任何地方的保安都尽责,稍有拥堵,就会过来干涉,今天居然不闻不问。

好不容易挤了进去,一眼就明白了是怎么回事,那个跪坐在地上的人一定就是那个女孩的妈妈,那天在微信里跟她聊了好一会、后来又突然没了音信的妈妈。她面前摆着两张照片,一张是运动服女孩以一种令人不适的姿势躺在地上,应该是那天晚上在地铁站出事后的照片,短短一生中的最后亮相,另一张是女孩的生活照,身着白色无袖连衣裙，站在长城上灿烂地笑着，隔着照片都能感受到她的开心，一看就是某个暑假的快乐时光。照片是贴在一张纸板上的，照片下面有一段文字：

她是我的宝贝，我的命根子，四月十五日（周六）晚上八点四十左右，在地下商城路地铁站练习滑板，被人从高台上推了下来。由于那个角落没有监控视频，我恳求所有那天从顶慧下课、去乘坐地铁回家的小朋友帮我回忆一下，你们有没有看到过这个女孩，有没有看到她是如何从高台上摔下来的，有没有看到过有人打她，或是威胁她。我知道你们很忙，没时间跟我多交谈，你可以扫一下我的二维码，也可以记下我的电话号码或邮箱地址，把你们想说的悄悄话告诉我，请放心，我绝对不会把你们的名字说出去，我发誓终生替你们保密，我们全家终生都将感激你的善良和正直，并祝福你一生平安、好运。

很多人拿出手机在拍照，跪在地上的女人不停地说着谢谢，声音细弱而疲惫，看来她已经在这里跪了很久了，头发散乱，脸色灰白，嘴唇干裂。涵妈没敢挤上前去，在人缝里悄悄拍下了女人和她面前的牌子，便匆匆离开。虽然她们并没见过面，但她总觉得那个女人要是看到她的脸，肯定会认出她来。

另外两个妈妈已经坐在净心茶馆的包间里了，她们也都看到了那个死去的滑板女孩的妈妈。

素妈很激动：她这么干是徒劳，谁都只想看一眼热闹，谁都想多一事不如少一事，尤其在众目睽睽之下，谁会挺身而出？

从她进来开始，昊妈就一直盯着她，眼神冷淡而尖利，她明白，昊妈还在生气她把那两个截图发了朋友圈的事，但她并没公布人名，在涉及隐私的地方也都打了马赛克，她还成功地替她挡住了那个女人呢，当然，她并没把那个女人找她的事告诉昊妈，她也不敢告诉昊妈。

幸好老板娘过来送茶，打断了昊妈执拗的盯视。

老板娘说：地铁站那件事你们都听说了吧？所以还是要把孩子牢牢地按在学校里，学校里起码比外面安全。这几天我们小区可热闹了，进进出出的全是人。

她觉得奇怪：你小区里进进出出全是人跟这事有

关吗?

当然！老板娘做了个夸张的表情：那家人跟我住在一个小区。

三个妈妈一起惊呼起来，牢牢捉住老板娘，不让她走。快给我们讲讲到底是怎么回事。

现场到底发生了什么我也不知道，就连她妈妈都不知道，但我见过那个女孩，长得很漂亮，俏皮的甜妹妹型，每次见到她都是穿着校服背着书包，听我们小区里的人说，她朋友很多，经常在小区门口看到她和那些朋友在一起嘻嘻哈哈打打闹闹。如果她的死真的另有原因的话，我总觉得也许跟那些朋友有关。

都是些什么人？学生？还是社会青年？

应该也有学生吧，因为我见过有穿校服的，但跟她的校服不一样。

老板娘突然压低声音：那个女人真是命苦，孩子的爸爸前两年坐牢去了，经济犯罪。听我们小区的保安说，自从出了这事，她家的灯就没关过，整夜整夜地亮着。她妈妈逢人就说，孩子肯定是被人推下去的，孩子身上有伤，青一块紫一块，孩子肯定不是摔出来的，是摔下去之前被人打的，关键是没有证据啊，也是巧了，刚好那个地方没有监控。她还算聪明，知道有顶慧的学生要去坐地铁，可能顶慧的学生中会有目击者，这两天天天都坐在顶慧门口。

最后几句话重重地敲在涵妈头上，她听到自己的心跳声越来越大，不得不捂住胸口，以免被昊妈听到。看来她真的听了自己的建议呢，也许她并没有太多别的线索，除了那天自己为她提供的顶慧，她之所以对自己宣称有很多别的线索，很可能只是想打消她的顾虑。

顶慧最坏了！老板娘一脸鄙视地嚷嚷起来：听说他们的保安居然几次出来驱赶她，说她跪在那里影响学生上课，真是的！她又没到教学楼里面去，也没有上楼去纠缠谁，怎么会影响学生上课？

老板娘一走，素妈就激动地站起来：我们去跟她聊聊吧，告诉她，这么干不是个办法，她应该出个告示，悬赏多少多少钱，奖励提供线索的人，展览一样跪在那里根本没用，不但浪费时间，还会遭人耻笑。一边悬赏，一边找律师，同时去告那个地铁站的管理方，首先，它就不应该允许有人在那里练滑板，其次，它的监控视频范围不应该存在盲区。

昊妈拉住她的衣服往下扯：你冷静！她爱人都坐牢去了，你以为她现在还有很多钱搞悬赏、打官司？

昊妈表示她坚决不会去见那个女人，素妈望向涵妈：她不去，我们俩去吧？

涵妈更不敢去了，她突然想起来，她的微信头像就是她本人的小照，她们俩可是聊过天的，万一那个女人认出来了怎么办？她怎么有脸面对昊妈？

两个人都不肯去，素妈只好悻悻地坐下来。好吧，待会儿去接小素的时候我再去告诉她，我这个人，心里有话不吐不快。

你是对的！她由衷地对素妈说，就是不说自己为什么不肯去的理由。

老板娘又过来了：我还有个信息。

她们索性给她让了个座，但老板娘不肯坐，她必须马上回到电脑上去，她有卖茶叶的网店，正在跟一个客户讨价还价呢。

我觉得那个女孩可能在谈恋爱了，我有几次在小区门口看到她跟男生在一起，站得很近，脸对脸，一看就知道关系不一般，可惜我没看清男生长什么样，印象中，有穿校服的男生，也有不穿校服的男生，是不是同一个人我就不知道了，早知道会这样我肯定要多看几眼的。

难道这事跟谈恋爱有关？如果是这样的话，昊天看到的那双手可能是真……

昊妈的手及时搭上涵妈的膝盖，狠狠地按了一下，涵妈马上意识到自己的失言，硬生生把后半句话咽了下去。老板娘看在眼里，微微一笑。

涵妈在心里顺着老板娘提供的信息往前走，如果昊天看见的那双手，假定那是一双滑板男孩的手，如果那双手不属于穿校服的人，如果那人不喜欢女孩穿校服的朋友，如果女孩不喜欢他的不喜欢，会怎么样呢？正在琢磨要不要把这个信息告诉那个女人，时间到了，孩子们要下课了。

三个人从净心茶馆出来，往顶慧那边走，顶慧门口的人堆更大了，几乎每个从顶慧出来的孩子，都会在那里停一会，然后被大人生拉活拽地拖走。

三个妈妈的三个小孩也是这样被拖出来的，两个女孩一直说：好可怜！好难过！昊天的反应果然不一样，脸色发白，胸脯剧烈起伏，一副有话要说的样子，好不容易被妈妈拖出来，还没走出广场，突然扭转身，往回跑去，还对他妈妈说：我就去跟她描述一下那双手的样子。

你放屁！你知道什么呀？你个二百五！神经病！昊妈脸都黑了，一边压低声吼，一边死死拽住昊天的胳膊，往后倾斜着身子，拔河一样地拉他。昊天毕竟是个一米七几的男生，昊妈很快就拉不动了，望着两个妈妈喊：你们帮帮我呀！

涵妈最先冲过去，但昊天先发制人：阿姨你听我说，她身上要是没伤我也就不管了，但她身上有伤，我必须说出我看到的，我有这个义务。

她正不知说什么好，昊妈突然松开一只手，以迅雷不及掩耳之势甩了他一巴掌。

妈，你不该为这事打我！

你走不走？不走老子再打！

她拦住昊妈，低声说：别嚷了，别让人家知道你们在干什么。又到昊天耳边说：不要蛮干，现在不是时候。昊天听了，顿时安静下来，不再挣扎。

大家一起往外走。昊天的胳膊一直被他妈牢牢地拽在手里，丝毫不敢放松。昊妈央求涵妈：帮帮忙！帮我打辆车，我手没空。

打什么车呀！我送你们回家。她知道昊妈不坐地铁是担心昊天中途溜了。

四个人一起上了车，昊妈坐前排，昊天和子涵坐在后排，四个人都不说话，气氛十分紧张。涵妈发现，昊妈并没有坐正，稍稍向里倾斜着，警惕地留意昊天的动静。不过昊天的样子是挺让人担心的，她在前排都能听见他沉重的呼吸，像刚刚跑过步一样。她在后视镜里看见子涵也在偷瞄昊天，有话想说又不敢说的样子，她在喉咙里咳了一声，提醒子涵：你要不要睡一会儿？

嗯。子涵听话地闭上眼睛。

她怕两个孩子会在车上讨论起来，也怕昊天会消除子涵的不确定，把子涵彻底拖向他那一边。子涵虽然比较谨慎，但也有个缺点，容易被人控制，这些年来子涵一直乖巧听话没有负面记录就是明证，她被自己的妈妈牢牢地控制住了。想到这里，她嘴角微微上扬了一下，和旁边那个正在脱轨的男孩相比，她宁愿自己的孩子是个易受控制的人。

等红灯的时候，昊天蓦地拉开车门，咻的一声溜了下去，等昊妈反应过来，跟着要拉开车门时，子涵尖叫一声：绿灯了！没办法，她只能启动车子，与此同时，她听见昊妈在后座上母狼一样嚎叫起来：昊天你给我站住！快停车！让我下去！

她很镇定，这时候万万不可停车，但路上实在太堵了，才走了一百多米，就不得不停下来，昊妈以为是为她停的，拉开车门就往下溜，但旁边的车道还在缓慢移动，昊妈也顾不得那么多了，兔子般往路边穿过去，尖锐的喇叭声和叫骂声还没停，她已奇迹般冲上了人行道，奔跑起来。

我的天哪！子涵在车里拍着小胸脯：好吓人呀！

她也是惊魂未定，但表面却很平静，她在后视镜里扫了子涵一眼：如果是你，我也做得到。

妈妈，我觉得昊天真的是个很勇敢的人！

是勇敢还是鲁莽？不就是一双手吗？又不能断定是谁的手，万一是一双不相干的手呢？还有，他非要在这个时候冒着生命危险跳车跑过去吗？很多办法都比这个好。

他今天跟我们说，他想起来了，他很确定那双手的袖口处有一道荧光绿的边边，这就缩小范围了，他们只要找到那个女生跟什么人一起练滑板，然后再从那些人中找到那道荧光绿的袖口就可以了。我猜他刚才跑过去，肯定是想去告诉那个妈妈荧光绿袖口的事。

如果只有他一个人看到那个荧光绿袖口，可能也没什么用，万一是他眼花了呢？我不懂法律，我瞎说的。

我其实……好像也有印象，但我不太确定。小素说她也看到了。

打住打住！怎么又变成不确定了？我记得你当时说你根本没往上面看，你就是受了他们的影响。是方就是方，是圆就是圆，要有自己独立的观察和思考，不能人家说怎样就是怎样。

子涵马上沉默下来，过了一会，她默默支起了折叠桌，打开小台灯，开始写作业。路况好多了，她把车开得格外平稳。她还是喜欢这样的孩子，有规律，有节奏，不惹事，更不生事。

到家了，子涵写作业的时候，她来到卫生间。昊天都知道应该把他得知的信息全部告诉那个女人，作为大人，她没有资格隐瞒一丝一毫，她只是不愿意把女儿拖下水而已。她把从老板娘那里听来的所有信息都告诉了那个女人，有穿校服的男生，也有不穿校服的，让她自己去甄别。她还想提醒她不要去顶慧门口以那种方式寻求目击证人，但她马上想起来，她不能这样说，因为这意味着她在顶慧门口见到过那个女人，意味着她暴露了自己的身份。还好那个女人并没有继续向她发问的意思，只是一个劲地感谢，她的声音里没有听到新情报的兴奋，也没有过分的哀伤，只有显而易见的疲惫。

后来又有什么特别的消息吗？她想起狂奔过去的昊天。

没有哎。现在让人开口说话真是太难了。

难道昊天最终还是被他妈妈拦住了？还是他已经说出了那道荧光绿的袖口，但这个女人发誓替他保守秘密？

只能问昊妈了。

昊妈似乎正在发脾气，声音传进来的同时，她听见昊妈正在咬牙切齿地说：……让你自生自灭！

怎么啦？这么晚还在跟谁发脾气呀？

还有谁呀？气死我了！我刚刚已经说了，我不管他了，从今往后，他的一切事情我都不管了。

息怒息怒！我还没批评你呢，你今天差点出交通事故你知道吗？你要是出了事，我也有责任的，再不要做这种吓死人的事了。后来追上昊天没有？

别提了！你等一下。

昊妈发了张照片过来，是她受伤的手指。

我们在顶慧广场上打了一架，忤逆不孝的家伙，竟然打他妈妈。

天哪！那他后来到底说了没有？

昊妈没有回，接下来她又问了好几个问题，昊妈都没有回复，过了好久，才回了她：在开批斗会，再聊。

接下来的周末，是个雨天，因为学校有期中考试，顶慧很知趣地停课了，没有课，顶慧仨照例是无声无息的。

难得有个在家过周末的机会。涵妈给自己煮好咖啡，坐到窗前，子涵在她房间里复习，她第一次发现家里是如此安静而美好，可惜这些年来她们极少享受这样的周末时光，母女俩不是在上课外班，就是在去上课外班的路上。

她望着接天连地的雨幕想，那个女人应该没去顶慧广场吧，要是去了，这个天可够她受的。

这学期顶慧的课已经只剩最后一次了，她已在另一个机构报好名。不是顶慧不好，是顶慧的两个好朋友正在影响子涵，据她观察，并不能算是积极的影响，她必须当机立断，告别顶慧，让子涵远离那两个孩子，远离顶慧门口的风波。

# 十

期中考试后的第一个周末,三个女人重新聚在净心茶馆。

涵妈是第一个进来的,她有点迟疑,因为她看见老板娘正在接待一名男性客人,那个客人的位置正好紧邻她们的包间。其实店里客人不多,他没必要离她们那么近。不过她没资格让老板娘给那个人换座,再说那个人都已经吃上了喝上了。

她坐下来的时候,悄悄扫了一眼邻座的男人,她没有比刚才看到更多,那人戴着棒球帽,帽檐拉得很低,再加上一副大框架眼镜,又在埋头看手机,几乎看不清他的面目。她猜这人多半也是个顶慧爸爸,只是他跟大多数顶慧爸爸似乎有点不同，到底不同在哪里，她也说不上来，她只知道，一般来说，顶慧爸爸比这人更懒散更松弛一些。

老板娘一脸灿笑地端着茶壶过来。

你总是最先到的，说明你家孩子到得早，也说明你对孩子的学习最重视。

因为我们家住得远嘛，生怕迟到，所以反而比住得近的人到得早。

才不是，这是学霸的好习惯。对了，昊天妈妈今天会来吗？老板娘像所有这个年纪拥有灵活眼神的女人一样，明明对着涵妈在说话，眼珠子不由自主地滑到旁边去，这会儿，它们正一路滴溜溜滚过去，在邻座男人那里停了一下，又骨碌碌滚了回来。

没听说不来。你蛮厉害嘛，连小朋友的名字都记住了。

昊天我熟悉的呀，暑假的时候，他妈妈在顶慧给他报了整天的课，中午把外卖叫了放在我这里，让他在我这里吃饭、午休，所以就记住他的名字了。他可喜欢打游戏了，坐下来就不停地打，一边吃饭一边打，他在哪个学校？

涵妈报出他的学校名字，老板娘一脸羡慕：虽然没你女儿的学校好，却是我儿子想进也进不了的好学校。

你没毛病吧？儿子在老家读着那么好的学校，干吗还想让他来这里读这种普普通通的公立学校啊？

是啊，可是，每次看到你们，我就好想他。

十多分钟后，老板娘在服务台那里大声招呼：昊天妈妈来啦！

昊妈一脸受宠若惊的表情：你今天是怎么啦？平时从不见你这么隆重，难道从今天起给我升级成超级贵宾了？低调！还是低调点。

不一会，素妈也到了，老板娘似乎决定采纳昊妈的建议，省略了指名道姓的超级贵宾似接待。三个女人聊了一阵，话题渐渐集中在刚刚结束的期中考试上，成绩都出来了，昊天跌出年级十五，小素维持原状，子涵进步最大，首次进入年级前五十。大家一起祝贺涵妈：厉害！长尾的年级前一百，基本上就是全市的前一百。涵妈认真地说：你们错了，长尾这两年换了个校长，方向变了，只能勉强算是一档，是一档的末位。两个妈妈继续嚷嚷：反正比我们公立初中强得多。

昊妈脸上越来越不自在，上一次考试，也是在这里，她还故作谦虚地宣布过：才年级第六！没想到这次下降这么厉害。

我觉得都是那个保洁员害的，他一直说他没以前有人气了，我还嘲笑他，小屁孩一个，讲什么人气脚气的，现在我才知道，他真正的意思是，他的状态没以前好了，他整个人不在状态了，所以才会下滑这么多。

素妈很奇怪：后来不是全都撤销、相当于给他"平反"了吗？

事情并不像你想的那么简单，这一来二去，等于让他示众两次，把他的气场整没了，节奏也打乱了，这就相当于把公鸡尾巴上最漂亮的两根羽毛给拔了，尽管后来又给它重新插上去了，但终究是插的，没有天生的好看。

大家一起向涵妈讨教经验，涵妈兴奋得两眼放光，嘴上却十分谦虚：我有什么经验呀，是她在学习又不是我，进步也是她的功劳，我只是搞搞后勤而已。昨天我们还闹了一场不愉快，让她背古文，她不愿意，说讨厌古文，讨厌过分关注成绩。

素妈哼哼两声：讨厌还能学得这么好，要是喜欢会怎么样？一百分的卷子能做出一百二十分来吧。

你就别起哄了，我们羡慕你还来不及呢，你们有特长，要是考进梨花的交响乐团，中考能加二十分，二十分呀！一般人累到吐血都涨不了二十分。

你以为这二十分容易？每天一两个小时，手指不知道结了多少道茧，你光知道你们刷题能刷到吐血，不知道我们练琴会流更多的血。

素妈死死捂着，小素自残、不能参加乐团选拔考试的事，打死她也不能说。涵妈明明已经知道了，却不说穿，故作惊讶：啊？练琴还能流血啊？这我倒是第一次听说。

老板娘端着一碟瓜子走过来，她听到了期中考试几个字。

我儿子那边也期中考试了，但他什么都不告诉我，我也不问，他跟别人不一样，人家都是报喜不报忧，他是报忧不报喜，所以我就假装他考得还可以。

这个打击面太大了，大家都受到一点轻微的刺激，都不吱声。涵妈最先控制不住自己，笑嘻嘻地伐道：知道他为什么报忧不报喜吗？那是他想你这个妈妈了，他报忧，或者说，他假装有忧，是在向你撒娇，他想得到你的安慰，他想你抱抱他。

老板娘大眼睛无助地眨巴：不会吧？我们几乎每天晚上都会通电话，而且他跟舅舅处得非常好。

毕竟是舅舅，你想想你小时候，独自一人在你舅舅家待过吗？待了多久？感觉怎样？

老板娘的眼睛眨巴得更快，眼看就要流泪了，涵妈乘胜追击：我们老家有句古话，太阳落土，儿寻母。你再想想，他每次给你打电话，是不是都在傍晚，或者晚上。

老板娘乖乖地点头：的确是在每天晚饭时间给我打电话的。

涵妈深深地点头：不管他在电话里说什么，你就记得使劲地安慰他、鼓励他、夸奖他就好了。

老板娘开始揩眼泪：我一定要让他到我身边来，我也要让他上顶慧。

素妈抢着说：你可拉倒吧，如果上了顶慧升学就有保障，那我们每次坐在这里忧心忡忡是怎么回事？

正聊得欢畅，老板娘突然转移话题：对了，昊妈，上上个周末的晚上，我回家的时候，看到你跟昊天在顶慧的小广场上拉拉扯扯又吼又叫的，你们怎么啦？母子俩吵架啦？

是啊，那天我们大吵了一架。

为什么呀？孩子多辛苦啊，别再吵他了。

他多话！不过我现在实在不想再提这事了。

是啊，孩子大了，有脾气了。老板娘知趣地走了，走前，顺便为隔壁的男人续了水。

涵妈倒来了兴趣，她看了看周围，低声说：其实，某种意义上讲，他并没做错，甚至值得表扬。

会给自己招来麻烦呀。

也别总往坏处想,说不定能带来好运呢。

别说了,他就是个闯祸精!

涵妈想起今天的另一个任务,放下了手机。她得提前告诉这两个多年的小伙伴,否则,一声不吭地退出的话,情面上有点说不过去。她换了种轻描淡写的语气,说:对了,我们打算换一个机构了,这边太远,路上耗掉的时间太多了。

啊?你要抛弃我们啦?不要啊,你走了顶慧仨就不是顶慧仨了。

没办法呀,她学校作业太多,每次出来一趟,回去就要拖到凌晨一点多,长期这样不行的呀。至于顶慧仨,完全不会受影响,还是我们三个人的群,大家还是随时都在线,一有时间我们照样安排聚会。

虽然不舍,但谁都知道,这是注定的结局,或早或迟,终究会有这一天,孩子们要分开,大人也要跟着分开,大家不过是做了一段家长同学而已。

下课时间要到了,三个人起身往外走。她们的身影在门口刚一消失,邻桌的棒球帽男人就站了起来,悄悄跟了出去。路过服务台，他不动声色地冲老板娘点了点头，低声说：谢谢弟妹！老板娘做了个出门向右的手势。

三个女人不紧不慢地往顶慧广场走，男人不远不近地跟着她们，假装在看手机，但他的眼神并没有一直停留在手机上。

孩子们一窝蜂地拥出来，昊天出来得比较晚，算得上是教学楼里最后一批出来的孩子，昊妈迎上去，抱怨道：每次都磨蹭到最后。昊天也不回嘴，高兴地说：今天随堂测我全对！

母子俩往地铁站走，茶馆里的男人继续在后面跟着。

# 十一

有人敲门。拉开门的一瞬间,昊妈全身一怔,跟她预感的一样,不是送外卖的,送外卖的很少这个时候上门。

是个生活得很不错的男人,他的休闲西装透露出这一信息,他懒散又带点傲慢的目光也在强调这一点,当他开口说话时,却显得温和而有礼貌:昊天妈妈好!

她马上变了脸,肯定是儿子又惹上麻烦了。

他先道歉,承认他在跟踪她,但他没有恶意,他是受托来谈一件事情的,一件对她来说非常非常好的事情。看样子他非进来不可,她的门还没完全打开,他一只脚已经站上了她家的踏脚垫。

她把他往外推，同时死死地顶着自己的大门：我不认识你，你肯定找错人了。

我能帮你把儿子转到民办初中去。男人低声说：你只需要告诉我他目标学校的名字。

她愣了一下，突然一笑：你到底在说什么？我没听懂。

他说出了昊天的学校，昊天的全名，包括昊天在地铁站看见的那双手，袖口处有一道荧光绿袖口的那双手。她的后背开始发凉：你是什么人？

他四下里看看，问她：家里还有别人吗？说话方便吗？

你等下！

她去厨房喝了口冷水，又用冷水拍了拍脸，再出来时，她首先去把昊天的房门关了，然后，她把那个人让到厨房里来。还好昊天爸爸要去朋友的烧烤摊上帮忙，回家晚。

你说吧。

我受人委托，想请你帮忙办一件事，让你儿子收回那句证言，让他说：并没有那双手，那只是他的幻觉。

他没有什么证言。他什么都不知道。

可能你还不知道，他把他看到的告诉了那个女孩的妈妈。

不可能。

我们现在争论这个已经没有意义。严格说来，你儿子并没有错，也不算说了谎，但你知道吗？人在看到恐怖情景时，是会产生幻觉的，那是一种非正常状态下的联想，比如说你看到某人举起了刀，脑子里马上就会出现刀砍在脖子上、鲜血四溅的景象，虽然合理，但并不是事实，不能作为证据，尤其是当他无端的联想威胁到另一个无辜者的时候。

是什么人委托你的？

那人不回答，只静静地看着她。她突然明白了，肯定是那双手后面的人，也许是爸爸，也许是妈妈，也许是跟爸爸妈妈有关的人。

你想要怎样？

告诉他，他所说的什么绿袖口并不存在，那只是他的幻觉，是遭到强烈刺激时产生的疯狂联想。让他收回他所说的。

我恐怕做不到，他是个坚定的、有主见的、有正义感的孩子。

这种性格本身是很好的，但要是加上不懂科学，就容易变成刚愎自用、偏执狂。在孩子成年之前，每个大人都有义务对他加以修正。

你所说的科学恐怕也只是一种假设吧，在不知道那个绿袖口到底是不是幻觉的情况下，我只能选择相信他的眼睛。

小孩的偏执，再加上孩子母亲的放纵，正好毁掉另一个孩子，同时也是在把自己的孩子往火坑里推，想想吧，你的孩子在明处，别人在暗处。

万一他看到的是真相呢？

那个真相并不存在，是你儿子的错觉，一个合理的错觉，因为他年幼无知，误以为那是他看到的真相。因为他的错觉，另一个无辜的孩子正在遭遇灭顶之灾，那种痛苦你能理解吗？估计你不能理解，因为那不是你的孩子，你无法感同身受。

不，我能理解。她正要说说刚刚结束的保洁员事件，那人一个动作阻止了她，那人抬手摸了摸额头，她看到了他的手表，她在杂志上见过那款手表，超贵。手表提醒她，不要跟这人说太多，这人不会理解她的事情，也不想听她说她的事情。

这事成了，会给你孩子、你的整个家庭带来历史性的好转，现在的孩子都很聪明，可塑性也很强，不同的初中会让孩子踏上不同的成长之路、走向不同的人生舞台。我想你比我更明白这一点。

她当然认同，但也不想这么快就被他说服，还故意戗了他一句：没有谁是在初中阶段成才的，作为母亲，我应该保护他与生俱来的正义感。

我理解，但一个人不到一定的社会层次，他的正义感没有用武之地，要想进入一定的社会层次，必须受到良好教育。说到教育，据我所知，他正在就读的那个初中，好像支撑不起这么重要的使命。

这话击中了她的痛点，她一时找不到合适的回击理由。

没有不护子的母亲，即便是杀人犯，也有爱他的母亲，母亲为孩子做的一切事情，都是正义的、非做不可的。举个例子，我妈妈当年费尽周折把我过继给她表姐，只为了帮我得到少数民族身份，这个身份在高考中有很高的加分项，否则我上不了重点大学，虽然现在我在法律上拥有两个妈妈，但我终生感激我的母亲，要有多么深厚的爱，才能克服感情上的自私！

她开始被他的诚恳所打动，尤其他说到后面时，声音渐渐低了下去，眼神也变得温柔起来。

我能知道是什么人在委托你吗？我能跟他们当面谈谈吗？

不行，但我可以告诉你，是很有能力的人。如果你同意，你们很快就会拿到转学通知单。

一听这话，好不容易建立起来的信任崩塌了。她笑了一下：露馅了吧？让我教你一招，只有在假期里，才能拿到转学通知单，学期当中是绝对不可能的。以后再办这种事可要记好了。

是目标学校开给你的录取通知书,让你拿着这个通知单在假期里去办理转学手续,有问题吗?

但它凭什么给我发录取通知?要经得起曝光才行啊。

你会收到你儿子通过了插班考试的通知。

越说越像真的了,她开始动摇,试一试又有何妨?不管在哪个学校,书都靠他自己去读,从这点来说,并不算作弊。

我儿子不出面,只把他要说的话写下来就可以了,对吗?

既要写下来,也要有视频,至于要不要真人露面,到时候看情况,也许不要。

不行,儿子不能露面,由我代理可以。

那人不出声,只是望着她,目光温和,却有种不容置疑的威严。她忍不住问:你是绿袖口的什么人?父亲?叔叔?哥哥?你不能什么都不告诉我。

我是受委托的人。

那我儿子也可以委托我,否则我们就当没见过面。

这取决于你有多想让你儿子转学。本区内的民办中学任你选。

包括长尾中学？

是的。

一阵狂喜像群马一样从心头掠过，她看着地上，强迫自己不要动，不要笑。没有人会因此受伤，那个女孩的状况已成定局，她的噩运来自她的命运，就算与那个可能存在的绿袖口有关，昊天的证言也没法让她活过来，昊天做任何事对她来说都于事无补。不过，事情应该没这么简单，会不会是那边急需，许下一个空头承诺呢？

她抬起头来，做作地一笑：骗人！对于一个当了这么多年家长的人来说，你这个饼画得太大了，画小一点也许还有一点可信度。

不要用你小小的眼眶，来打量这浩大深邃的世界，往某个初中学校安插个学生，对我的委托人来说，只是一件很小的事情。

她被那人的眼神吓到了，他没有威胁她，也没有吓唬她，只是平平静静地告诉她、看着她，他的目光甚至有点悲悯。他们明明站得那么近，她却觉得他们之间隔着一个巨大的湖，他在微波荡漾的湖的另一边，她能看见他，却触摸不到他。

当时是三个小朋友在一起对吗？所以只有一个人的证言还不行，至少还需要一个人，这件事，我想委托你去办，你去找另一个小朋友，找到了，跟你儿子做一样的事。

我？不行不行，你自己去。

你想尽快拿到转学通知吗？

她眨巴了几下眼睛，闭上了嘴。

让那个人告诉你他的条件，明天这时候我会给你电话。记住，别对任何人提起此事，一旦泄露出去，对谁都没有好处。

我可以问个问题吗？你是怎么找到我的？你又是怎么知道孩子们看到了那双手的？

我一般不回答太幼稚的问题，但我可以给你透露一点点，从事发到现在，一些人一直在不停地工作，而且是专业度很高的工作，包括你这里，所以你完全不需要怀疑你儿子插班、转学之类的合法性，前提是你们要积极配合。我们今天到此为止，你抓紧时间。

他们从厨房出去的时候，她脚下绊了一下，差点扑倒。他回过头来，安抚性地看了她一眼。太没出息了！她在心里骂自己。

她来到昊天房间，还好，他戴着耳塞在写作业。很小的时候，她就让他养成了这个习惯，家里总是有些声音，周围的邻居们也会发出各种各样的声音，免得他分心，她给了他一副耳塞，把他从杂乱中隔离出来，专心自己的事情。

她在熟睡的儿子床边坐下来。天知道她怎么会生出脾气耿直又孝顺的儿子来的！小小年纪就这样，将来一定是个光明磊落的男子。何况还有了不得的孝心，多少人对"操你妈"无动于衷，觉得跟"他妈的"差不多轻重，搁他身上就不行，冒犯妈妈绝对不可原谅。她既感到幸福,又感到忧心。

那天,从涵妈车上跳下来,要是她能再快一点点就好了,她就能拉住他,可能是长久没跑过的原因,没跑多远,她摔了一跤,等她爬起来时,他已经跑得影子都看不到了。等她好不容易赶到顶慧广场,昊天已经在跟那个女人在一起一边说一边比画,她胸口剧痛,费力地呼喊昊天的名字,可惜她已筋疲力尽,拼尽全力发出来的声音,只跟耳语差不多。终于跌跌撞撞赶到他们身边时,那个女人正在对着昊天录视频,她咬紧牙关,奋力去抢夺那只手机,女人推了她一把,撒腿就跑。她疯了一样去追那个女人,昊天竟从后面死死地抱住了她。她哭倒在地上,那一刻,她真真切切地感到有什么东西被偷走了。

还是怪自己,要是她跑得够快,体力够强,她就能阻止孩子,孩子就不会拍下那个视频,自然也就没有后面这些麻烦。

她也知道不该同意那个人的要求,但是天哪!是长尾中学呀!要她拒绝,她怎么做得到?怎么想怎么舍不得，实在太诱惑人了，如果这是上天降下来的好运，不接住它是不是辜负了上天的眷顾？人这一生中，这样的好运不会太多吧，也许就这一次，她以前听人说过，所谓好运，其实也是一次检验，有些人接得住，有些人可能接不住，只有接得住的人，才算通过了检验。

以她对昊天的了解，想要说服他收回自己的话比登天还难，她相信昊天是真的看到那双手了，他最大的优点就是不会说谎。有什么办法能让他心甘情愿地收回自己的话呢？正面做工作的话，几乎没有可能，她太了解自己的儿子了，也就是说，如果真要接住这个好运，她这个当妈妈的，就得动脑筋，迂回曲折想办法。但她眼前一团漆黑，她不知道世间有没有那样的好办法。

至于第二个证人，不用说，只能是小素，不可能是子涵，想都别想，子涵太优越了，她已无要求可提，谁会做无利可图的事呢。

如果素妈答应做第二个证人，也许可以听听素妈的看法，两个人一起动脑筋，肯定比一个人来得快。看看时间还不算太晚，她想现在就给素妈发信息，刚写了两行，就被那些充满交易的文字吓坏了，不行不行，这会留下证据的，明天面谈好了。她删掉那些字，改成了明天见面的邀约。

昊天爸爸在喊她：还不睡？被她不由分说地吼了回去。他错过了他们母子多少秘密呀，她想告诉他都不知道从哪说起了。她也尝试过让他接手，结果弄得一团糟，她反倒花了更多时间来拨乱反正，从此干脆让他出局，她一肩挑，好在他总能保证这个家里不缺钱，大钱不多，小钱不缺。

素妈来消息了，她对明天的邀约兴致勃勃，提议送完孩子后，两人去肯德基边吃边解决她"有要事相商"的问题。

她否决了这个提议，说是肯德基人多眼杂，要换个不可能有旁听者的地方。素妈笑起来：这么神秘呀，你是想让我跟你一起去搞暗杀吗？

昊妈听得心中一惊，这可不像素妈说话的风格，这是什么兆头？

第二天一早，两人在购物中心外的台阶上碰了头，对于不是周末的早晨，这里真是太静谧了。她把事先买好的咖啡递到素妈手里。

我们先讲好，等我说完了，你不要鄙视我的为人，更不要鄙视我的昊天，他什么都不知道，这事跟他没关系，都是我的主意。

素妈变了脸：到底什么事呀神经兮兮的？

话不多说，她直接讲了那个不速之客，讲了他的条件，她的昊天算一个，她还得再找一个同谋。

请你原谅，我第一时间想到了你的小素，因为我想，只有我们俩的孩子在升学的时候受了委屈，他们都不是笨孩子，他们只是有个笨妈妈，现在既然有机会弥补，我们不应该拼尽全力抓住这个机会吗？希望你不要因此鄙视我，我实在是太自责太惭愧，才会答应那个人的无耻要求。从小到大，我没撒过一个谎，没做过一次违纪违法的事，我连公交逃票都没有过，不知为什么，那个人刚一说完，我的心就狂跳起来，恨不得一口答应他。当然，我忍住了，我假装完全不屑一顾，我拒绝他，赶他走，但那个人自始至终一副志在必得的架势，我败了，输给他了。你告诉我，我错了吗？我错得离谱吗？如果你说错了，我马上收手，把这个坏念头从脑子里彻底清除掉。

素妈伸出一只手，理了理她耳边掉下来的散发，一脸严肃地望着她：你要听我的真话吗？

当然。她来之前就已经想好，只要素妈表现出一丝丝勉强，她就住手，从此提都不要再提这件事。

我想说，你他妈的做得太对啦！你终于为你儿子做了一件好事！

她如释重负，绷紧的身体猛地松弛下来。

这个机会是命运对我们这种老实人的补偿，我们要是不接受就太愚蠢了，至于那个人的说法，道理是那个道理，但它不叫幻觉，应该叫补偿性记忆，具体是怎么形成的，我也说不清，但我记得在哪里看到过这个说法。至于小素，她本来也没留下什么强烈的印象，很可能是跟着昊天起哄，放心，我确定我可以做好她的工作。

说到小素的目标，素妈露出难为情的表情。

我还没来得及告诉你，上次小素去考梨花中学交响乐团，出了点意外，根本就没参加考试，既然有这么好的机会，那就让那个人把小素直接弄进梨花中学的交响乐团吧，以她的水平，就算是这种方法进去的，也不会拖人家后腿的。至于民办中学，我猜小素去了也跟不上，就别动那个脑筋了，还是选一个适合她的学校比较好。

两人讲妥后，开始讨论最重要的问题，怎样才能让昊天自愿收回以前的证词。不能强迫他，也不能以情动人，那小子就是个软硬不吃的主，得想一个妙法子，不知不觉把他绕进去才行。昊妈说起这个就一脸烦恼。

模仿他的笔迹，伪造一份证词，怎么样？

不行，万一要传唤他怎么办？

他有什么弱点呢？不妨从他的弱点下手。

他好像没什么弱点，从小到大没怕过什么，就前段时间因为那个保洁员的事，苦恼过几天，觉得自己人气下降了。

对了，我知道他的弱点在哪里。素妈突然兴奋起来：你当然想不到，我这个外人可是一眼就看出来了，他在乎你，你在他心目中有至高无上的位置，春游的时候他为什么会弄出那么大的乱子？还不是因为你，保洁员不光骂了他，还骂了他妈妈，他受不了，才回骂那个保洁员的，他是为了维护你的名誉才不惜自毁的。如果那个保洁员骂的是他本人，我估计根本就不会搞出那件事。

没错，但这也算不上是弱点呀。

不一定哦，就看我们怎么利用他这一点。

具体怎么利用他的弱点，两人抓破头皮也没想出好办法来，但有一点两人达成了共识，那就是：千万千万不能让涵妈知道。谢天谢地，涵妈上次已经宣布子涵马上要去别的机构，她们仨不会再在净心茶馆碰面了，这可真是天赐良机。除了涵妈，家里的其他成员，特别是孩子本人，也要绝对保密，总之，这事只能她们两人知道。


那个人真的给她打电话来了，问她进度怎样。她谨慎地告诉他，她可能已经找到第二个证人了，那个人的条件是梨花中学交响乐团，她本来也可以凭实力考进去的，但她得知消息太晚了，没有报上名。她惊叹自己竟能编得如此顺溜。

那人想了想，嗯了一声：我记下了。又问：你儿子那里，你有什么进展？要尽快，越快越好，因为这个方案是有时限的。

她装出十分为难的样子：我实在不知道该怎么跟他开口。

对方沉默了一下：如果你放弃，我们就采取别的办法，把这个机会让给别的孩子。我们肯定还有别的备用方法。给你十分钟考虑一下。

她一听就急了：你等下，我并没有放弃，我只是不知道该怎么做，要不，你给想想办法呗，我看你好像经验挺丰富的。

身为母亲，居然不知道怎么说服自己的儿子，是不是有点可悲？

毕竟这事非同一般。

别给自己找借口，你这种态度只能说明一点，你对他的人生没什么要求，没有设计意识，没有长远目光，你就是一个信马由缰不负责任的母亲。

你知道什么！不分青红皂白地指责我，你知道我为他做过什么？你知道他是一个什么样的孩子？你根本不了解！你没资格瞎开腔。

那你倒是行动起来呀，把你的母爱展现出来呀，口口声声爱孩子，嘴巴说说有什么用？拿出行动来！多做少说！

拜托！请你帮我想想办法吧。

如果我插手的话，你会心疼吗？

你要怎样？

办法很多，三十六计都好用，最简单的就是苦肉计，比如绑架，你舍得吗？

不行不行！想都别想。

行，还是你来，你是他妈，你知道他最吃哪一套。如果你连这点事情都搞不定，说明你这个母亲不合格。

你只知道激将我，有本事你先走一步，你不是要给我们弄一个插班生的录取通知吗？你如果真有诚意，可以先把通知的一部分给我看看呀。

没想到那人说：好，马上给你弄。

约莫半个小时后，一张照片传了过来，长尾中学录取通知书被一只手捂了一半。

梨花中学那张也一样，但我现在不想给你看。

文头公章都有吗？

放心。给你最多两天时间，不能再拖了，再拖就没有意义了。

好，我来办。

放下电话就给素妈打电话。素妈听了，好一阵才犹犹豫豫回复了四个字：真的要干？

我看你，你说行就行，你说不行，我就回绝。

不要看我，他找的是你。

他找的是我们俩，受益的也是我们俩。

应该说，做得好的话，没什么大不了，每年升学，都有人递条子走路子，我们幼儿园同学幼升小的时候，亲眼看见她的同学傻不愣登的，就是进了人人都流口水的好学校，我们的孩子拼音都学过了，也会写字了，算术都能做两位数了，人家根本不睬你。

就是，我知道这样做不好，但我又怕将来后悔，毕竟，曾经有一个机会出现在我面前。

是人都会后悔吧，人生只有一次，无法重来，无法弥补。

其实真的说起来，也是孩子们自己的运气，我们做大人的，如果硬起心肠给他们推开，是不是有点残忍？

那就干吧，果断一点，就按我们那天说的，找昊天的弱点下手。说起来昊天真的是个好孩子，为了维护妈妈的尊严，付出了多大代价，光是这一点，就值得你不惜一切为他搏一把。

搏一把就搏一把！其实交给那个人最省事，他说他会在三十六计里面找办法，最好用的是苦肉计，被我拒绝了，我怕他失手，昊天很刚烈的，万一他反抗得厉害，对方下重手怎么办？

要不我们自己来？看来我们俩还得再见一次面，电话里说不清。如果真要动手，我们还得去看看现场，总不能在你家吧，得找个偏远一点的地方才好。

天哪！小素妈妈，我们这是在干吗呀？我们可是连粗话都没说过一句的人哪，我们这都是被谁逼的呀。

唉！你说对了，我是早就被逼疯了。


虽然是周末，昊妈还是很早就起了床，轻悄悄地开始收拾、梳洗，还用心做了一顿丰盛的早餐。

一切准备妥当，她来到昊天床边，柔声催他。今天我们好好放个假，去郊游，去划船。

是吗？可我今天下午有课呀。

我帮你请假了，偶尔请一次假没问题的。

昊天一听，嗖地跳下床。是船，还是皮划艇？我们班有人玩过皮划艇。

看情况吧，如果有皮划艇的项目，我们再报一个。

昊天马上欢天喜地去刷牙洗脸。

我真的什么都不用带吗？作业全都不用带吗？

不用，彻彻底底放个假。

昊天听了，高兴地哼着歌，收拾好了自己要用的背包。

爸爸不去吗？

他不去，问过他了，他忙得很。放心吧，有专职教练，比你爸强，用不了多久，你就能划得跟飞的一样。

临出门前，她让他去趟厕所，自己躲进厨房给素妈打了个电话。已经到了？好早啊！啊？这么辛苦，今天撑得住吗？那好，老天保佑一切顺利！

他们上了地铁，中间换乘了一次，一个多小时后，两人出了站，昊天啊了一声：这里像到了另一个世界！跟市区相比，这里的确荒僻多了，除了一两幢被遗弃的旧房子，就是大片大片的农田。昊妈说，往前走一阵，才有打车点，我们到那里再打车去湖边。

昊天一路张望，有点迷惑：妈妈，这里感觉不到有湖呢，这里全是陆地，一点水的味道都闻不到。

再往前走一段就能感觉到了。

她突然一脸紧张：不好，我有点憋不住了，先找个地方上厕所吧。她指了指田中间那栋房子：你要一起去吗？

才不要。真是的！你总是一出门就上厕所、上厕所。

她再次向昊天指了指那栋孤零零的小屋。你在这里等我一下下，我很快的。又在昊天肩上拍了拍：不要埋怨妈妈，妈妈也是没办法。说完匆匆拐上田间小路，朝着那栋小屋一路小跑。

这里是素妈家的老屋，老人去年刚走，现在是闲置状态，屋里不太干净，到处是灰，一股霉味。一个身穿专业户外服装、戴着眼镜的络腮胡子男人突然出现在屋子中央，用古怪的口音冷冷地问：

你找谁？

虽然知道是怎么回事，昊妈还是愣住了，没想到变化这么大，几乎要怀疑这人不是素妈扮的，而是某个陌生的闯入者了，还有她的声音，没想到方言的力量这么大，顿时把人的音质都改变了。

真的是你？

哈哈！认不出来了吧？素妈大笑着发出原来的声音。

你刚才说的是哪里的方言？感觉我从来没听说过。

听得懂吗？听得懂就行。

她上去扯了扯粘在脸上的胡子。不错，粘得很紧。

素妈从口袋里掏出有眼洞的头套。待会儿把这个一戴，他肯定认不出来我是谁。

桌上还有一些东西：手套，宽胶带，长绳子，一把剪骨头的菜市场剪刀，一只塑料袋子，里面装着几只鸡腿。昊妈不由得后退一步：你确定你真的行吗？不行的话，现在罢手还来得及，我们再去想别的办法。

我是没有问题，昨天晚上又把整个过程偷偷演习了两遍，就是你得吃点苦头，万一他无动于衷，我就得继续往下演，那你就惨了。他也免不了会吃点苦头的，到时候你别心疼啊。但你放心，我心里有数。

该吃的苦头一定要吃，都到这个地步了，一定不能露馅儿。

绳子也都检查清理过了，生怕有什么尖刺之类的东西扎伤你儿子的皮肤。

真是个有良心的温柔绑匪。好啦，开干吧，为了孩子们，老妈们豁出去了！

按照之前讨论过无数次的计划，得把昊妈在椅子上绑好，手法不是很熟练，毕竟是刚刚从电影里学来的，幸好素妈搜了个视频收藏在手机里，这时正好照着用。她先让昊妈紧贴椅背坐好，在椅背后面反绑住两只手，然后是双脚，紧紧地跟椅子腿绑在一起。素妈边弄边问：太紧了吧？疼吧？昊妈说：不要怕弄疼我，尽管缠紧一点，别让他看出来。

就剩下宽胶带封嘴了。等他进来时再弄吧？素妈有点不忍心。

不行不行，都走到这一步了，不要影响效果。

素妈把胶带撕开，小心翼翼地往昊妈脸上贴去。出点声音我听听。

昊妈费力地动着嘴，完全是徒劳，只能从鼻子里嗯出一些声音来。

素妈开始戴头套，这是她最后一件装备了，她调整好眼洞，用方言问她：还认得出我是谁不？

昊妈使劲摇头，又唔唔着使劲点头。

楼板上挂下来一根长长的绳子，一端打着活结。素妈抖抖那个活结说：这是为他准备的，放心，我试验过很多次，这个活结很好控制，保证不会把他勒得怎么样，只是想控制住他,让他听话。

又检查了两遍后,素妈拿过昊妈的手机,拨打昊天的手表电话。

拨打之前,她突然犹豫了:要是他听不懂我的方言就麻烦了。不管了,我尽量说慢点。

电话通了,素妈操起古怪的方言,一字一顿地说:你叫昊天是不?你妈妈在厕所里摔倒了,你快点来一下。啥?我说,你的名字,叫昊天,对吗?你妈妈摔倒了,你快点来一下。

素妈关掉电话。成了!我一听到他那个语气就知道成了!

昊妈点头,眼睛一下子就湿润了。她心里比谁都清楚,这个世界上,昊天最爱妈妈,妈妈有难,他肯定毫不犹豫,奋不顾身。儿子,妈妈也爱你,妈妈为了你,什么都愿做。她闭上眼睛,生生把眼泪逼了回去。

听得见昊天跑过来的脚步声了,这时素妈已完全变身为脸形臃肿的头套男人(都是络腮胡子的功劳),躲到虚掩的门背后,手握绳环,屏息以待。

妈妈!

咣的一声,门被推开了,与此同时,一个绳环准确地吊落下来,穿过昊天的头,套在他脖颈上。可能是用力过猛,绳套紧紧勒住他的脖子,瞬间,他脸涨得通红,双手本能地想去解开绳套。

别动!如果你乖乖听话,我可以帮你松一点点,不让你死得那么快。一个戴头套的男人粗声粗气地吼道,同时抓过他的手,一把扯下他的电话手表,将一块胶带拍在他的嘴上,然后才将他脖子上的绳套稍稍松开了一点,他终于用力呼出了一口气。

他迅速看清了自己的局势,不能说话,不能移动,虽然双手双脚是自由的,但绳套勒着他的脖子,稍一动,就会呼吸困难。

他看到妈妈被绑在椅子上,跟他一样嘴上贴着胶带,妈妈望着他唔唔地叫着,奋力扭动身体,他听不懂妈妈在说些什么。这是绑架!他脑子里闪过一个念头:可是,为什么呢?难道是为了钱?

他试图向妈妈靠近,可他一动,脖子上的绳索就扯得更紧。妈妈拼命冲他摇头，意思是不要乱动。

头套男人一手拿着那把菜场剪刀，一手拿起一只大鸡腿，对着昊天说：看好了！几乎没见他使劲，一只鸡腿连皮带骨头齐嚓嚓被剪成了两截。

头套男人扔下鸡腿，继续拿着剪刀，走向昊妈。

知道自己做了什么坏事吗？这就是你乱说话的后果。今天你必须按我说的去做，纠正你犯下的错误，如果你做了，马上放你们两个走，不做的话，首先拿你妈妈开刀！头套男人戴着粗糙手套的手狠狠捏住妈妈的一只耳朵，做出欲剪的架势。妈妈眼珠子瞪得要掉出来了，却动弹不得，只能发出绝望的唔唔声。

头套男人拿出早就准备好的笔和纸，拍在桌子上，再将桌子拖到他身边。我说，你写，写完了马上放你们两个走。

昊天望着头套男人，用眼睛问他：写什么？

头套男人念道：我正式声明，收回以前说过的话，我没有看到那只有荧光绿袖口的手，那只是过度疲劳加上夜灯产生的错觉。

昊天唔唔叫着，拼命摇头。

愚蠢的家伙，一点都不懂科学，你根本就没看到，那是你的错觉，不要用你的错觉去冤枉好人。

昊天先是用力摇头，然后又点头，坚定地点头。

不写是吧？头套男人用力一扯，妈妈的耳朵被拉得老长：最后问你一次，到底有没有看到？

昊天重重地点头。

那你看好啦！头套男人的手几乎没怎么动，只见妈妈像突然遭到电击一样，浑身乱颤，哇唔哇唔地长叫起来，鲜血迅速染红了半边脖子。

一共给你两次机会，这是第一次，你拒绝了，你自己看看后果。头套男人碰了碰妈妈的耳朵，耳垂上一个小小的缺口。妈妈唔唔怪叫着，眼睛使劲想睁开，但刚一睁开，眼皮又无力地垂了下去。

如果第二次你也拒绝，她就会失去整只耳朵。我再问你，写不写？

昊天像条吊着的咸鱼，想喊，发不出声音，也不能动，只能原地站着，执着地向妈妈伸出双手，似乎这样可以减轻一点妈妈的疼痛。

头套男人对妈妈说：我知道你疼得很，但你不要怨我，要怨就怨你儿子见死不救。说完，冲昊天晃了晃手上的剪刀：我数到十，你再不写，我就来第二下了，第二下可比第一下要严重得多。一、二……

唔！唔！昊天使劲点头。

头套男人赶紧将绳子放长了一点，以便昊天可以低头写字。他念一句，昊天写一句，包括最后的签名、日期。

头套男人收好字条，说：早按我说的来不就没事了。

头套男人隔着桌子拉过昊天的双手，绑在一起，虽然他的声音恶狠狠的，动作也很粗暴，但昊天感到那双手本身并不粗硬，哪怕那人戴着手套，他仍然能感觉到。双手刚刚绑好，眼睛又被蒙上了一条厚厚的布带子。昊天细听那人的动静，慌慌张张的脚步声，使用剪刀的声音，然后又是一阵脚步声。突然，屋里安静下来，只有挣脱绳索的声音，扯下胶带的声音，与此同时，妈妈的嘶喊迸裂而出。妈妈过来了，猛地一下扯开他的眼罩，剪开他手上和脖子上的绳索。

昊天第一反应就是四下里搜寻，他还记得最后一阵脚步声传出去的方位。

昊昊，过来帮帮忙！昊昊！

他只好回来，妈妈捂住右耳，吩咐他把包里的毛巾拿出来，那是为他划船而准备的毛巾。快点陪我去医院，快点！妈妈用毛巾包住耳朵，毛巾很快就被血浸透了。

难道我们不应该马上报警吗？

先去医院，不然我会死的，我不想死，我不想我的儿子没有妈妈。

昊天在妈妈手机上叫车，但是这里没有地标，不能设定出发地址。我们必须走到地铁站去。妈妈告诉他。

他让妈妈倚靠在他身上，半驮着妈妈走。妈妈你要挺住，不要怕，医生会有办法的。待会儿到了地铁站，上了车，你先一个人去医院好不好？我要报警，我得留下来跟警察讲当时的情况。

我觉得没用，那个人已经跑了，我注意到他一直戴着手套，他没留下任何痕迹，再说又没死人，警察不会重视的。

他觉得妈妈说的有道理，他看过一部电影，有个女人因家暴去报警，警察也是说，除非有人被打死了，否则她只能去社区寻求调解。后来警察终于出动了，那是因为，女人已被杀人分尸。

他一边走一边尽可能地扫视着周边，这一带几乎没什么人烟，路上，田野，到处光秃秃的，那个人跑到哪里去了呢？他怀疑那个人应该是藏起来了，否则，不管他跑得有多快，他都应该出现在他毫无遮挡的视线里。

他看到路边有一块残缺的类似界碑石的东西，上面写着永丰里三个字，指着它说：妈妈你看，这里是不是叫永丰里？

哎哟别让我看，我不行了，我头晕，眼睛都要睁不开了。

他看看靠在他肩头的妈妈，出血还是很严重，他的左肩已经被妈妈的血湿透了，连后背也有又湿又凉的感觉。

妈妈我背你吧。他觉得走路的颠簸可能会让妈妈流更多血。

不用不用，会把你压坏的。妈妈把他推开了一点。对不起，是妈妈没保护好自己的孩子，我们肯定早就被人跟踪了，但我一直都没发现。人一生中什么风险我都设想过了，就是没想过这个，我以为这是电影里才会有的场面。我是个不称职的妈妈。

我才是个不称职的儿子，我没保护好你，我还做了不该做的事。儿子突然停下来：妈妈我犯了个错误，我应该好好跟他谈判的，我不应该那么快就答应他的条件，我一急就没脑子了。

不怪你儿子，都怪妈妈不争气，你是为了救妈妈才那么做的。妈妈哭出声来：先陪我去医院好吗？我头好晕，我好害怕，我不想你变成没妈的孩子！

昊天一听，也抹起了眼泪，赶紧搀着妈妈往外走。不会的妈妈，你说过你要活一百岁，你要陪着我直到我变成一个老头子。

两个小时后，昊妈的耳朵在医院里得到了处理。整个过程中，她始终拉着儿子的手，一刻也没放松过。

她牵着昊天站在医院的窗玻璃前打量自己，半身血衣，蓬头垢面，头上缠着厚厚的绷带。你看，妈妈现在像不像女版凡·高？

昊天嘴角动了动，笑不出来。

昊天的样子让她看着心疼，但还是故作轻松地说：要不要我跟你描述一下那种疼？它有很多个层次，一开始是不疼的，只有凉凉的感觉，过了几十秒，肿了，胀胀的很不好受，再过了一会，就变成了烫，像在烧热的锅上碰了一下，然后才有疼的感觉。记住啦？以后写作文说不定可以用。

昊天到底没忍住，又哭了起来，中间还捶了几下自己的脑袋。昊妈赶紧捉住他的手：别哭了乖！妈妈不疼了，刚才医生也说了，没大碍，过段时间伤口长好了就没事了。你现在还小，没有能力保护妈妈，现在反而是妈妈该保护你的时候。

不，你知道我是怎么想的吗？你是受伤了，但我也受伤了，你伤在肉体，我伤在灵魂，我再也不是以前的我了，我成了个有污点的人了，加上春游那次，我有了两个污点了。

昊妈看着他,眼泪凝固在脸上。

如果你都有污点,我们应该浑身爬满了蛆虫吧。昊妈继续牵着儿子的手,望着玻璃墙上的自己说:这个世界上,没有污点的人是不存在的,妈妈只盼你快点长大,一边长大,一边培养出更多的亮点来,只有亮点可以去除污点,亮点越多,去污力越强。

今天是几月几日?我要把它记下来,这是我的第二个污点日。一年之内添了两个污点,我该怎么办?

比我强,我的污点来得比你早得多,那还是在我很小很小的时候,我有个爱尿床的哥哥,有天晚上我跟他睡一床,后来我突然醒了,因为我发现自己尿床了,天哪,我可是从不尿床的,我一直都是妈妈拿来教育哥哥的正面教材,我挪了挪窝,继续睡,第二天,妈妈来叫我们起床,掀开被子一看,二话不说,啪啪甩了哥哥两个巴掌,她以为哥哥又尿床了,哥哥懵里懵懂,也以为是自己尿的,我呢,赶紧一声不吭溜下床去,这事我从没坦白过,今天是第一次。

昊天几次想笑,都憋回去了。这种小污点,跟我比根本不算什么!

污点不分大小。然后,我还想对你说,不要对自己的眼睛那么自信,你的视力比上学期下降了不少。

你也觉得是我看错了对吗?

我的意思是,你的视力的确出了问题,你承不承认?

昊天不吱声了,昊妈继续说:我刚近视的时候,人家看路灯是一只真真切切的灯,在我眼里,却是一个比汽车轮胎还大的模模糊糊的光盘。

昊天从妈妈脸上移开视线,他第一次没有在这个问题上毫不迟疑地反驳。

我还有一个请求,今天的事,到此为止,天知地知,你知我知,我们对谁都不要讲,连你爸爸也不要讲,你爸爸性子暴躁,我怕他一旦知道,会搞出事情来。就让这事成为我们俩的秘密,好不好?

那,爸爸要是问你的伤,你怎么说?

就说因为耳环过敏,做了个小手术。

但是,唉!我怎么觉得就是不对呢?

是不对，当然不对，这事交给我好了。今天已经浪费不少时间了，赶紧回去吧，我记得你说明天有考试。

两人一起往外走。医院门口有些廉价服装店，昊妈进去挑了件衣服换上，把染上血迹的衣服扔进垃圾桶里。昊天上下打量她一眼，说：我都不认识你了。昊妈心中一惊：什么意思？

我从没见你穿过这种风格的衣服。

她缓缓吐出一口气，刚才在店里的镜子里，她自己也有这种感觉，但是，总比一身血衣出门要好。

进入小区，她提出昊天先回家写作业，她去一趟附近的超市。

他们在楼洞门口分了手，昊天刚一进电梯，她就掏出了电话。

素妈就像在等着她的电话一样，急切切地问：怎么样？伤口处理了吗？有危险吗？吓死我了，谁想到你耳朵那么好剪，都怪那把剪刀太好用了。

昊妈根本不想聊这些，她有更重要的话题，刚一说到现场两个字，素妈就在那头笑起来：等你提醒就太晚啦！你们一走我就开始动手了，万一你那宝贝儿子叫来警察怎么办？必须抢在那之前下手，我要把它拆光光。幸亏我提前找好了人，现在已经拆得差不多了。

地基保留哦，过两年再盖个新房。

两年恐怕不行哦，得更长一点，万一有一天他循着记忆找过来怎么办？这辈子我都不想被他发现，就连那身衣服都被我剪碎了，丢了。

对对，必须万无一失。你放心，我这边也会安排得妥妥的。

两人开始讨论交易问题。素妈说：我们不能一次性给他看到两份，也不能每次都给他看到全文，我们可是为之流过血的，绝对不能上当，必须他走一步，我们才能走一步，等他走完了，我们再把东西交给他。

明白，严格执行既定方案。

对了，有事打电话，别发信息。

到了约定的通话时间，那人果然准时打了电话来，她告诉对方，已办妥。那人竟也没有急猴猴地问在哪里交货的问题，只说等我消息，就挂了电话。

第二天晚上,她收到一份电子邮件,点开一看,是昊天的录取通知。

陈昊天同学,恭喜你通过我校的入学考试,请按教务处要求,于截止日期内办妥转学手续,过期视同放弃入学。

望着末尾那个端端正正的公章,她简直不敢相信自己的眼睛,一直以来向往的学校,就这样向她的儿子静静地敞开了大门。她又紧张又激动,一时间不知道怎么办才好,马上告诉昊天吗?告诉昊天爸爸吗?那要怎么对他们解释这神奇的通知?

正在激动,素妈打了电话来:我收到一个邮件,梨花中学乐团让她发一个三分钟演奏视频过去。她能听到素妈语气里压抑不住的兴奋:我现在有点坐不下来哎,怎么办?要不我俩马上见个面吧,互相分享一下?否则我怕我真的要爆炸了。

她当然愿意,扯了件外套,就往楼下冲。

熟悉的道路此时有种说不出的陌生,她已经很多年没在夜晚出来过了,更别说像今天这样心怀鬼胎地跑出来。她的夜晚只属于孩子，属于家务。她高一脚低一脚地赶到见面地点，仍然是购物广场外空无一人的长长台阶，仍然是一场不能有旁听者的对话。

首先是察看伤情。我的天，你这一包，包出我的犯罪感来了。

我说是打耳洞的时候出了意外，那个医生都笑起来了，说他从没见过这种伤口，也没听说过打耳洞会把耳朵打成那个样子。

你可害死我了，我这辈子都不想用剪刀了，那个工具以前是我在厨房里的最爱，什么都用它剪，现在我一看到它就心里发慌。我最担心昊天了，他怎样？要注意疏导他的情绪哦。

这次真是把他伤到了，眉头一皱，真的有点沧桑感了，真希望他快点忘记那天的事。

现在基本可以肯定，那个荧光绿袖口的家长，一定很有权势，说不定正好对口教育系统。

管他是谁，我们达到目的就行。现在才知道，那些人的人生真是轻松惬意啊，要什么有什么，我有一种总算找他们要了一点点公平回来的感觉。

这一点点算什么？世界终究还是他们的，我们应该多要一点才对。

冷静下来一想还是有点不舒服的，你不觉得他们太傲慢了吗？这不是件小事，他们应该现身出来跟我们面谈一次才对。

行了，你就别那么讲究了，想一想两个孩子即将发生的改变，至少我们没吃亏。

但是，真的有点不舒服，他们拿准了我们会接受这个交易，他们把我们看得透透的，算得死死的，他们打心底里瞧不起我们，藐视我们。

素妈望着远处的路灯，夜风吹起她的额发，将她的脸均匀地抹了一层路灯的金黄，良久，她突然转过脸来，对着昊妈一笑：你不会是想表演给我看你有多么正直吧？你是想告诉我，你之所以不假思索地答应那个人的条件，是母爱在逼迫你，而不是良知，对吗？接下来你想怎么做？退回他们的通知书，向昊天坦白我们那天的丧心病狂？

不要挖苦我了，跟你说句真心话都不行吗？

素妈正色道：千万别开这种玩笑了！我们已经做了这么多，都走到这一步了，回不了头了，不管怎样都要硬着头皮走下去。话又说回来，这不是我们的初衷吗？眼看就要达成了，你怎么反而动摇了？

我也不知道，也许是太顺利太高兴了，反而有了一点点不安。你真的没有吗？

我比你发现得更早，当我一个人在那个房子里等你们的时候，说实话，我差点就跑了。我感觉那个屋里的每一件家具都在谴责我，问我到底在异想天开些什么？但我后来想到了孩子，如果我不帮她一把，任她这个样子走下去，她很可能高中都考不上，一个母亲怎么能眼睁睁看着自己的孩子落在别人后面呢？何况她知道自己的孩子不是笨蛋，不是走不到前面去，而是因为某些原因，比别人稍微走得慢了一点，所以我没跑，鼓起勇气留在那里等你们。躲在门后看着你走过来的时候，我他妈都哭了，我们两个连架都不会吵的女人，现在却要真枪实弹地搞一场血腥的绑架。直到现在我还感到不真实。

可你倒好，你突然觉醒了，你的道德感上来了，你有没有设身处地替我想一下？你只是坐在那里不动，我可是要拿着刀扮演一个杀人不眨眼的恶魔！你知道那个剪刀剪断你的耳朵的时候，我手上、我心里是什么感觉？我差点就疯了。

对不起对不起对不起，我混蛋，我不该说那些话，我收回，我道歉，我没有后悔，我怎么可能后悔呢？我是在向你撒娇呢，真的，我只是不会表达，我表达有误。

好了好了，以后可别开这种玩笑了。素妈摸了摸她耳朵上的绷带：不能让我们的血白流，从今往后，我们都要守口如瓶，不可透露一丝一毫，要像从没发生过这事一样。从现在开始，让我们把注意力转移到他们的学习上来，别以为现在就可以松一口气了，恰恰相反，现在应该更紧张更鸡血才对，不然我们的孩子接不住这块天上掉下来的馅饼，那才是一切都白费了。你的昊天，别看他在公办学校好像还有点优势，到了民办，分分钟被碾压得渣都不剩，最近赶紧给他开开小灶，补一补，要不，请个一对一？

一对一很贵吧？

那要看值不值得，如果是我，我就请。小素也面临同样的压力，要想在乐团里不被人家踩，还得下大功夫的，我准备马上调整她的作息，练琴时间肯定要加长。

一说到孩子，两人马上正常起来，彼此给对方打气，稳住！别飘！一鼓作气，全神贯注，把这事漂漂亮亮地办完。

# 十二

这天的晚餐素妈格外用心,雪花牛排,配香煎蘑菇与有机紫茄,牛油果碎拌酸奶,小姑娘长大了,已经知道晚餐不要吃太多碳水,所以她临时减掉了已经备好的土豆。

告诉你一个好消息。趁小素吃得开心,她开始端上她的"大菜"。

他们知道你的手受伤了,所以妈妈给你争取了一个补考的机会,你可以把考乐团的曲子录个视频,发送到评委的邮箱里去。你可以多录几次,然后我们挑一个拉得最好的视频送出去。

啊? 还可以这样啊?

她没想到女儿会这样问，心里一慌，急中生智：妈妈也没想到，妈妈只是去据理力争了一下，毕竟你并没有参加考试，这不公平，你应该有这个机会。我对这个争取的结果还是挺满意的，在自己家里录视频，不会紧张，还可以多录几个，挑一个好的发过去。

小素舀起一小勺牛油果，矜持地望着妈妈：这个办法我可以接受。

她笑了：你行的，我知道，你绝对有这个实力。

她把房间收拾了一遍，让视频的背景看起来更漂亮一点，又给小素换了身衣服，脸上也稍稍修饰了一下。很漂亮！很有气质！

也许是牛排的功效，小素最好的状态出来了，接连录了三个三分钟视频，然后让小素自己挑选一个。小素选了第二条。她不大放心，悄悄把三个视频都发到小提琴老师那里，事实证明，小素的耳朵真不错，老师也选了第二条。

尽管路已走通，尽管只是走过场，也要走出最佳步态。这是最起码的良心。

坐在电脑前，她闭目祈祷了一会，果断地将视频发了出去。

等小素写完作业，她一脸幸福地跟孩子说：本来我以为这事已经黄了，没想到绝处逢生。如果这次能录取，我希望你这一生都要善待你的小提琴，它不是你的绊脚石，它是你的翅膀，这是第一次助你起飞，相信我，未来它还会继续帮助你。

小素第一次在这个话题前柔软起来：有件事我一直没告诉你，那天，从考场出来，我心里非常非常难过，我在卫生间哭了好一会，我真的不想出来了，因为我没法面对，后来又一想，这样的话，对你不够公平，所以还是出来了。

她一把将女儿搂进怀里，她很难过，但也很清醒，她知道人一生免不了会有几次产生那种想法，出现一次，其实应该松一口气，因为这意味着未来出现这种可能的机会又少了一次。

放心吧，这次你肯定会被录取，因为这是我听你拉得最好的一次。退一万步说，就算不能录取，我觉得也无所谓了，朝它努力过，问心无愧了。

昨天我们写作文了，我写了我和小提琴的故事，老师拿它当范文念了，她说，只有真正对小提琴有感情的人，才能写出这样的作文来，我感到奇怪，明明一直以来我并没有那么喜欢小提琴，为什么写到最后，却发现它其实已经成了我的寄托呢？

给你打个比方。你喜欢妈妈，这一点我毫不怀疑，但你扪心自问，是不是有时候也对我有一些埋怨甚至怨恨？别不承认，我就有过，有一次我跟我妈吵起来了，我骂她：你为什么不死？结果被她追着打。但是，这一点都不妨碍我们喜欢自己的妈妈、爱自己的妈妈。

小素再次扑到妈妈怀里。

最喜欢你了！

# 十三

母子俩有点生分了,吃过饭,昊天去写作业,她倒了一杯水,轻轻放在他手边。他说:谢谢!

她一愣。这种情况不常有。

她去给他弄来一个小果盘。他瞟了一眼,更加隆重地说:谢谢妈妈!

她想跟他说点什么,又不敢提起,就像一个大坛子,坛口严严实实地封着,她不敢揭穿那层封布,怕一旦揭开,味道扑鼻,经久不散。她甚至把那天的日历从台历本上撕掉了。

孩子最大的变化,是洗澡的时间变得很长很长,长得她不得不过去敲门,看他是否已经睡着了。她敲门,要敲好几下，他才在里面沉沉地回应一声：干什么？

有天傍晚，正要吃晚饭，昊天突然在他房间里大叫起来，她冲过去一看，昊天紧贴门边站着，脸都白了，顺着他的视线看过去，是一只大黑猫，站在窗沿上，瞪着一双荧光绿的眼睛，直视昊天。昊天死死地贴着身后的墙壁，恨不得把自己摁进墙里去。

是小区里的流浪猫，大概是顺着水管爬上来的，也有可能是谁家的猫想出来散散步。

说实话，她也吃了一惊，没见过这么不怕人的流浪猫。她走过去，做了个欲打的手势，猫竟然一动不动，冷静地看着她。她想打开窗户，又怕它索性跑进来，她顺手抄起身边一本杂志，卷成筒状，再把窗户移开一道小缝，猫见她这样，摇了下尾巴，慢吞吞走了。

回头一看，昊天仍然保持着那个姿势，仍然一脸煞白，不禁笑了起来：你还怕猫？平时在小区里不是喜欢追着猫玩的吗？

在妈妈的帮助下，昊天终于松开紧贴在墙上的手，犹犹豫豫地回到书桌边。

这可不像你哦!

昊天仿佛没听见她的话,仍然盯着窗户,别扭地坐着,保持一个随时可以起身逃开的姿势,似乎担心那猫随时会折返回来。

她不笑了,昊天很少会出现这种情况。她从果盘里叉起一块切好的梨,递到儿子嘴边。

昊天头一扭,躲开了:你不觉得这个猫的眼睛的颜色,有点像我看见的那个袖口的颜色吗?

她听见心里叭的一声,有什么东西裂开了。

胡说,根本没有那种颜色!她口不择言,知道她的说法不对,但也不想改正。

昊天沮丧地说:真希望那天我什么也没看见,真希望那天我们没去那个地方,真希望那天我没有顶慧的课,真希望这一切都是一场梦。

别想这些没用的了,已经发生的就让它过去,时间会掩埋一切。快去吃饭,吃完了有份卷子给你做。

卷子卷子,又是卷子!你从哪里弄来那些没完没了的卷子?

你一个学生，不做卷子做什么？这不是你的本分吗？好多人还羡慕你呢，不是每个妈妈都像我这样，挖空心思给你找卷子做的。

我不做这些卷子也一样能考上好高中！

她不想跟他吵，无谓地浪费时间而已，她能做的只是扭身走人，那意味着她快要生气了，他必须注意了。

不管怎么说，他还是在规定时间内完成了试卷，她像往常一样督促他最后检查一遍，然后把卷子拍成照片，原卷放进一个牛皮纸袋里。他问她要把卷子交到哪里，她说：让我们来测一测你的功力吧，你先不管，有结果了我再告诉你。

这天晚上，她又睡不着了，不是因为烦恼，而是因为兴奋，十二点都过了，还是毫无睡意。为了给自己的情绪降温，她再次打开那个邮件，看了又看，挑不出一丝毛病（对方可能存在的陷阱）。她到底是交上了求都求不来的好运，还是跟某个威力强大却不太吉利的邪恶之物沾了边？

凌晨一点多，她还躺在昏暗的客厅里，沸腾的身体不肯平静下来。突然间，就像一只猫从她眼前一跃而过，她想起一件事来，如果孩子被人问，你是如何插班进来的？如果他老实回答，我通过了一场插班考试，会不会把麻烦引向学校？学校如果不堪应付突如其来的麻烦，会不会迁怒于她？学校迁怒于她，会有什么后果？她猛地站起来，原来今晚一直睡不着，是为这个至关重要的节点啊！不行！千万不能告诉孩子插班通知、插班考试的事，该怎样合情合理地向孩子解释这次转校呢？她闭上眼睛，沉入自己的经验库里，她有一个庞大的经验库，分门别类，像图书馆一样浩大丰沛。转学，转学的原因，转学的条件，转学的形式，形式！对，他需要一个说得过去的形式，一个不那么刺激人的转学形式，来掩盖他真正的转学，因为这个真正的转学是不能公开的，那人也交代过，要低调，要隐蔽。找到了！她情不自禁拍了一下自己的脑袋，借读！她记不得在哪里听一个家长说过，借读是允许的，也是被许多人采用的，前提是跟目标学校有关系，否则人家也不会随随便便就同意你去借读，但这个关系是被大众默许的，人生在世，谁还没点关系呢？没有关系的人，顶多也就羡慕嫉妒恨罢了，比起转学，借读比较不会引起什么大乱子。

就这么定了，不要告诉孩子转学的事，就说给他办好借读了，他要到长尾中学借读去了。至于后面借读发展成转学的事，也就顺理成章了。

想到这里，沸腾的身体终于平静下来，她打了个呵欠，可以去睡觉了。

经过事先默默的试演，第二天傍晚，孩子一回家，她就扑上来摇晃着他的双肩：你有个天大的好消息，你通过了长尾中学的借读考试，长尾中学呀！下学期你就要去长尾中学了，天哪！心情太好啦，太幸福啦，谢谢你我的好儿子。

他张着嘴，不相信。什么借读考试？

就是你昨天做的那份卷子，顺便告诉你，那可不是人人都能得到的卷子，你知道我的呀，小升初落得个就近入学，我一直都不服气的，在我心里，你就是个潜在的小学霸，所以我一直都在默默地关注这个学校，怕给你压力，没敢告诉你，现在好了，我的心愿终于达成了，果然是念念不忘必有回响。不过，对你来说，既是好消息也是坏消息，因为你去了以后，要是成绩跟不上的话，人家可是会把你退回来的。但我相信你不会，你去了那里，只会进步。相反，你要是去了一个不怎么样的学校，肯定会退步，你特别善于跟人家拉齐对准。

昊天看着妈妈说个不停的嘴，有点蒙。不可能吧？为什么我从没听说过？

我不告诉你，你上哪里听说？这种事本来就是私底下进行的。

这样好吗？昊天挠起了头皮。

没什么好与不好，只是借读，看看你能不能适应长尾的教学。想了想她又杜撰了一个例子：我一个同事也曾经给自己的女儿办过借读，当然是到更好的学校借读，她女儿在那里适应得非常不错，后来那个学校舍不得放她回去了，索性给她办了转学。我希望你也能像她那样。

啊！长尾呢！我有点胆虚。

没事的，相信妈妈的直觉，我一直都觉得你不比子涵差，她能上的学校，你也能上。当然，接下来你也要更加努力才行，我相信你会进步得很快的。

不知我们学校还有没有其他人搞这个借读。

你可千万不要去问人家，你知道友谊通常是怎么消失的吗？先是替朋友高兴，接着就是嫉妒，然后就是恨，最后就是报复、加害，我可不想你被排挤，更不想你被伤害。再说了，这是妈妈费尽心机走捷径达成的，你要是说出去，等于是把妈妈出卖了。听我的，什么也别说，就当没这回事，等两个月的假期过后，同学之间已经有点淡忘了，这时候才发现你已经转走了，他们的内心也掀不起什么波澜了。

他终于慢慢高兴起来。谢谢妈妈！难怪你总在我面前提什么长尾中学长尾中学。

只有这样吗？我是不是每个星期都在让你做神秘试卷？现在可以告诉你了，那些卷子都是我想办法从长尾中学弄出来的。这事说明一个道理，想到了，就去做，躺着做白日梦可不行。

这时昊天已经喜形于色。耶！他挥了挥拳头：我写作业去了，妈妈，我会更加努力的！

深夜,她给素妈打电话。

我们统一口径吧,先不要告诉涵妈吧,什么都不要说。到了不得不说的时候,就说是办了借读。你倒无所谓,她知道你们在考乐团,考上也是理所当然。

真是巧了,我刚刚也在想这事,行,就是借读,这点子不错,挑不出啥毛病,谁还没点关系呀,于情于理都说得过去。

到时候可能涵妈会有点生气,她肯定责怪我为什么不告诉她。

她发现的时候,你就说刚刚办好,还没来得及告诉她,要不就说,哎呀有点羞愧,毕竟只是借读,又不是小升初正大光明考过去的。

后半夜,昊天爸爸一身酒气进了门,她朝他瞟了一眼,并不说话。他们已经习惯了无须语言的交流,这并不是说他们感情出了问题,恰恰相反,她觉得他们俩已经到了一个史无前例的稳固状态,稳固到语言都属多余,他们像两条相隔五厘米的并行铁轨,只要大地不坍塌,就可以一直跑下去。相反,要是现在还像年轻时候那样,大事小事都跟对方说个不停，分开两小时就要打个电话，估计早就吵得不可开交了，自从有了孩子，他们突然意识到，吵架实在是个成本高昂的日常动作，不但解决不了任何问题，还会吓着孩子。她率先做出让步，低下头，专注在孩子身上，爸爸得不到回应，两三次以后也就偃旗息鼓了，那以后，爸爸渐渐从家务中抽身，将兴趣转移到外面，具体地说，是转移到挣钱上，幸亏他有那个有机猪肉店，最近又有了朋友的夜宵摊，忙完了就跟朋友们喝啤酒撸串串，忙得不可开交。

这天她实在太兴奋了，觉得再不告诉他，都对不起自己。想了想，她问：你知道昊天现在就读的学校叫什么名字吗？

知道，初中呗。

哪个初中？

哪个都一样，反正他的事都交给你管，你办事，我放心。他急不可耐地往卫生间跑，不用说，啤酒喝太多了。

激烈的尿尿声传出来。他小便从不关门，但今天她一点都不生气,他居然连昊天的学校名字都说不出来,这可太好了,下次他要是问起来,她就直接告诉他,儿子的学校叫长尾中学。估计他也不知道长尾中学是个什么样的中学。原来爸爸不管有不管的好处,他活在他们身边,就像是个透明的赞助方。

## 十四

没有了涵妈的净心茶馆包间里,安静了许多,也亲密了许多,昊妈跟素妈在一起,有种难以言说的默契。昊妈说:再也不怕他们公布随堂测成绩了。素妈说:就是,自尊心可以疯涨一寸了。

素妈弄了个新发型,昊妈添了几件新衣,两人都有种焕然一新跃跃欲试的架势。

怎么样? 昊天在长尾适应得还好吧? 素妈问。

压力巨大,这次单元考,除了几门副科,其他科目都在平均线以下。他也急了,一回家就扑到书桌上,说要励精图治。

真好! 说明转学转对了,把他的内驱力激活了。我们小素练琴也比以前主动多了，没想到她非常喜欢梨花中学的交响乐团，你知道什么原因吗？老师不要求他们排练的时候穿校服，老师说，女士们先生们，你们穿什么都可以，想穿什么穿什么。她简直兴奋得要疯了，现在只要哪天有排练，她上学的时候就像个炊事兵一样，叮里哐啷背一大堆东西：书包，琴，排练衣服包。这个老师真有办法，一下子就点燃了孩子对小提琴的热情。

真好啊！所以孩子们找到合适的学校真的很重要。我们昊天的变化是，看到差距了，知道努力了，他给自己定了个小目标，期中考试前，全部成绩跃过平均线。

老板娘端着托盘过来了。

涵妈好几次都没来了，她今天又不来吗？她每次都会殷勤地问候一下三个人中缺席的那一个。

得知涵妈再也不会来了，老板娘毫不掩饰她的失落。我还有问题向她请教呢。

素妈假装生气：只有她才能回答你的问题吗？看看！孩子在学校被学霸碾压，我们又在这里被学霸妈妈碾压，难怪我觉得自己越来越矮了。

老板娘赶紧道歉。哪有啊，你家小素将来最有出息了，我们的孩子使出吃奶的力气，大不了考个大学，你家小素轻轻松松拉着琴就能考出个大学来，一样是上大学，就比我们多了一份成就、多了一份自信呢，打个比方，将来我儿子如果想跟你们小素交往的话，小素肯定瞧不起，哼，小地方来的，啥都不会，只会做题。

素妈一点都不想谦虚：轻轻松松拉着琴？你给我轻轻松松拉一个试试看？人家手指头全是茧子，你活了这么久，有什么地方长过茧子？

她手指头上也有茧子的，数钱数出来的。昊妈这话一说，大家都笑了起来。

因为有客人进来，老板娘奔过去招呼了一下，刚一结束，又跑回来了：正好今天涵妈不在，就让我在这儿坐一会儿吧。你们俩的风格跟涵妈完全不一样，涵妈是个典型的鸡血妈妈，跟她聊天身上的血液会升温，跟你们聊天完全是另外一种感觉，我连生意都不想做了。

我觉得你还是应该跟涵妈多聊聊，别让我们把你的斗志消磨光了。

我不需要什么斗志了,我这辈子到此为止了,再过几年,孩子们都大了,我连茶馆都懒得开了,我回家做饭去。

孩子们都大了之后,谁还回家吃饭?做给自己吃?你不怕吃多了发胖、"三高"?

也是哦,一天天离废物近了,人生真的好短啊。

门口进来一个蓬头散发憔悴不堪的女人,老板娘看了一眼,猛地把头一低,藏在她们中间。

老板?

老板娘低声说:就说我不在。

素妈抬起头,大声说:老板这会儿不在。

憔悴的女人循声看向这边,嘟哝着什么。

昊妈突然瞪大眼睛,她都认出来了,这女人就是那个女孩的妈妈,给昊天录过视频的那个女人。一段时间不见,她突然衰老了,头发几乎全白,衣服又脏又皱,跟那些睡在地铁里的人差不多,难怪第一眼竟没认出来。

她冲素妈努了努嘴,几秒钟后,素妈也想起来了,两人一起低下头去,做出认真喝茶的样子。

女人在前台附近转悠了一阵，迟疑着出去了。

老板娘抬起头来，吁出一口气：她最近几乎天天到我这里来，就因为头两次我给过她水喝，倒不是我现在不想给她水了，而是她一来就不肯走，还自言自语，她这个样子，我怕我的客人嫌弃她。我觉得她神经可能出问题了，你们应该也能看出来吧，她的样子有点不对劲，遭遇了那么大的打击，任何一个妈妈都会扛不住的。

见两个妈妈都有点呆怔的样子，老板娘格外起劲：你们没认出来吧？她就是前段时间地铁站里那个摔死的女孩的妈妈，每天在这一带转悠来转悠去，念念叨叨，说是在找人。

找什么人？她都在念叨些什么？

多数时候含混不清，有时模模糊糊能听到一点，说什么撒谎、出尔反尔，我觉得她脑子有毛病了。

昊妈的脸陡地白了。

素妈放下茶杯，说要去趟超市，拉着昊妈一起来到外面，因为担心碰上那个女人，两人决定躲到马路对面一个小超市去。

这个地方不能再来了！素妈轻轻喘着，从头到脚都透出紧张来。

同意，换一个机构，远一点都无所谓，千万别给孩子们看到。昊妈语气急迫，听起来比素妈还紧张。

她要是真的疯了该怎么办？

真疯了倒不怕，就怕她是装疯。

两人站在超市玻璃墙前，一起望向马路对面，一寸一寸地搜索，从顶慧直到净心，从净心又到顶慧，行人不多，但都行色匆匆，没有一个踽踽独行的乱蓬蓬的女人。

她会不会又到净心去了？

应该让老板娘把我们没喝完的茶留给她的，满满一壶，我们才倒了两杯。

赶紧给老板娘打电话。老板娘告诉她们，至少今天，那个女人不会再来了，一天当中，她只会出现一次，她并不仅仅只在这一带活动。

素妈凑到昊妈耳边，手搭在她的背上，轻声说：稳住！

昊妈点头。从在净心看见她开始，她的心一直怦怦乱跳，脑子里嗡嗡作响，她想躲到一个漆黑狭小的地方，蒙住脑袋想一想，接下来该怎么办。

素妈抬手推了她一把：你看你！脸都白了，就这点出息呀！手机给我！我来给你转班，这个地方我们再也不来了。

她乖乖地把手机递给素妈。

转好了，离你家一个小时路程，比这边远不了多少。小素的课也转了，我们还是在一起。

素妈把她拉到冷柜前，为她选了一罐冷饮，又给她打开。

她拿在手里，却不知道喝。素妈四下里看了看，凑到她耳边说：没有什么是我们不能应付的，打起精神来，我们不再是脆弱的人。

她回过头来，惊魂未定地望着素妈，也许超市里冷气太足了，素妈的脸白到发青。


还有二十分钟就下课了，她们必须从超市出去，到顶慧一楼电梯口等着，以防那个女人突然出现在顶慧门口。无论如何，不能让昊天碰上那个女人。

时间到了，大大小小的孩子一窝蜂从大楼里挤出来，她们像两块洪水中的小石头，眨眼间被冲到大门外，再也无法接近电梯口。

小素最先出来的，满脸不高兴，边走边跺脚。饿死了！困死了！素妈向昊妈示意：那我们先走了。又交代昊妈：赶紧回家。昊妈听懂她话里的意思了，一边朝素妈挥手，一边在人流中焦急地搜寻自己的儿子。

人群很快变得稀落，昊天还是没有露面，打他的手表电话，不知道是不是网络不好的原因，居然拨不出去。在微信上跟顶慧的老师联系，问昊天是否还在教室，过了好一会，老师才拖拖拉拉地回复：昊天妈妈，已经下课了，大家都离开教室了哦。

这矫揉造作的语气，真把她气坏了，她直冲到电梯口，对保安说她要上去找孩子。保安拦住她：学生下了课自然会下来，这里有四部电梯，家长上去反而容易跟他错过。

她觉得也有道理，就乖乖地站在电梯口，出来的人越来越少了，嘈杂的大厅骤然安静下来，像整个世界都停下了手头的工作，静静地望着她，看她作何反应。她突然感觉不太好，再次拨打昊天的电话，这次通了，但很快又被挂断了。

肯定有问题，不行，一定要上去。电梯门打开的同时，她听见了细微的哭声。

哭声不在电梯里，不在大厅里，她放轻脚步，循着声音找去。

电梯旁边有两条走道，一条通往卫生间，一条通往办公区，她莫名觉得，应该选择前一条。

她判断对了，尽管声音不大，但已经比刚才清晰，就在男厕所里。

为什么要撒谎？为什么要撒谎？谁教你这么做的？交换条件是什么？你说呀，求你了，为什么要否定以前说的话？

她摸了一下墙边的垃圾桶，刚刚被保洁员收拾过，太轻，又掂了掂身上的挎包，里面有保温杯，可惜里面没多少水了，但比垃圾桶趁手。她踮起脚尖，移动到门边，她看到那个蓬头散发的憔悴女人了，她背对着门口，双手死死揪住孩子的领口，好像孩子不给她一个满意的答复，她就要把他吃下去一样。她运了口气，举起手中的包包，使出从来没有过的力气，狠狠砸了下去，女人松开孩子，转过身来，她又抓住时机朝女人脸上砸了一下，女人并不理会她的进攻，反倒奋力去抓刚刚松开的昊天。昊妈见砸不管用，灵机一动，一边死命扯住女人，一边大声呼救：救命啊！抓坏人啊！救命啊！

两个保安跑过来，毫不费力就制服了那个女人，昊妈捡起包包，拉起几乎呆傻的昊天，疯了一般往外跑。

快到地铁站的时候，昊天甩脱妈妈的手，停了下来。

我认出她来了！

昊妈感到喉咙像有火在烧，气也喘不过来，咳了几声，呕出几口白色泡沫。当她极度紧张的时候就会这样，小时候，她遇到一个跟踪她的裸体流浪汉，她拼命地跑，跑到安全地带时，也像今天这样，吐出了一堆白色泡沫。

昊天过来抚着妈妈的背，又把自己的水杯递给妈妈。

我认出她来了，我知道她是谁！等妈妈平静下来后，昊天再次重复自己的话。

她就是个流浪汉，疯子，从小就告诉你，要离疯子远一点，他们伤害了人是不负责任的。

她不是疯子，她只是伤心过度。

你知道什么呀！她就是街边的疯子，你们上课的时候，我们在茶馆门口见到过她，茶馆老板说，她儿子被人拐走了，她一直找，找着找着，就疯了，一直在这一带转悠，很快就会有警察来把她带走，他们不会让这种人在街上出没的。

不对，妈妈你真的不记得了吗？她就是地铁站里那个摔死的女生的妈妈呀。

瞎说！不可能，那个妈妈正在处理后事，怎么会跑到这里来装疯卖傻？

但她认出我来了。

她叫出你名字了吗？她肯定认错人了，据说拐走她儿子的是一个团伙，他们会先派一个小孩出来，跟目标搭讪，她可能把你当成那个搭讪的人了。

昊妈越说越激动,她没想到自己还有这个才能,这么会编,简直滴水不漏,跟真的一样。

昊天渐渐将信将疑起来。

但是,她说的话正好对得上那件事啊。

巧合而已,你不要想太多了。她拽着他的袖子,生怕他一不留神会跑掉,她看得出来,她还没有完全说服他。

她一路拖着他进站,拖着他进入车厢,她看到儿子的脸色越来越难看,被她控制着的胳膊越来越僵硬,她急得快要爆炸了,却不敢表露出来,只在心里祈求地铁快点开、快点开,不要开门、不要开门……

终于到了目的地了,他磨磨蹭蹭不肯下车,她一把将他拖了出来,像拖一段木头。她流着汗,流着泪,却腾不出手来擦。她把儿子拖回来了,儿子的魂却没有跟回来,怎么办?

会有办法的,素妈说得好,没有什么是我们不能应付的。

突然间,她的手臂抽搐起来,腿也抖索起来,她半闭着眼睛,一脸痛苦地扑向旁边的栏杆,又顺着栏杆滑下去，坐在地上，同时从眼缝里偷瞄儿子。

哎呀我不行了！她的声音也在发抖：不行了不行了！走不动了！

看着儿子慌慌张张地问长问短，一颗悬着的心终于落了地。儿子的魂总算被她抓回来了。

可能是低血糖犯了，快去给我买点吃的。

地铁站里有个面包店，昊天飞奔过去，很快就买了个面包回来。她不得不在儿子的注视下颤抖着将面包一口一口吃了下去。儿子在一旁紧张地盯着呢，儿子的手放在她背上，紧贴着，一下一下温柔有力地画圈圈，像她平时对他做的那样。

好多了，可以慢慢走了。她回过头来，看到儿子在流泪，赶紧安慰道：没事了，这个症状，来得快去得也快，不用担心。

儿子依旧在流泪，她知道怎么回事了，儿子的目光盯着她的耳朵，伤口刚刚拿掉药包，还红肿着。

她捏了捏儿子的手臂：幸亏你跟我在一起，谢谢你救了妈妈，从现在起我要开始锻炼身体，为了我儿子，我要多活几年。

素妈打电话来。

方便吗？跟儿子在一起吧？不方便的话，我说，你听就好了。刚才小素告诉我，她下楼的时候，看到一个披头散发的女邋遢鬼（这是她的原话）站在电梯门口，她说的不会就是我们看到的那个人吧？

嗯，是的。她尽量装得若无其事。

素妈在那边炸了：天哪！她想干吗？你接到昊天了吗？不对，她碰上昊天了吗？昊天认出她来了吗？

嗯，我们快到家了，我待会打电话给你。

好的好的，待会再说。素妈听懂了她的话。

母子俩走出地铁站，昊天回头向后看了一眼，她也跟着他回头看了一眼，后面什么也没有，那个女人不可能追踪到这里，她应该还在保安那里，既然他们逮住了她，没那么快让她离开的。

从这以后，一直到进家门，昊天再没说过一句话。

借上厕所之机，她在卫生间里给素妈打电话。

吓死我了，那个女人抓着他，问他为什么要撒谎，要不是我闯进去，我儿今天要遭大难。是啊是啊，幸亏我们已经转班了，那个地方，包括那个地铁站，这辈子我都不要再过去了。跟你讲，我担心这事会有后患，他心理波动可大了，我今天不敢跟他细谈，我自己也是惊魂不定，等他冷静一两天，我想请你跟他谈一次，这方面你比我强。行了，我不能跟你讲太多，我得去安顿他去了，我们找机会面谈。嗯嗯，谢谢你，这段时间要是没有你，我都不知道怎么撑过来。

半夜，昊妈突然从床上惊坐起来，她做了个噩梦，昊天离家出走了，他在床上做了个人形被筒，一去不复返。她抚着胸口喘了会儿气，赤脚走到昊天房间，昊天睡得好好的，她揭开被头看了一下，确认是昊天在里面，才放心地离去。

昊天在淋浴头下哭泣。

是她，当然是她。他甚至知道她为什么会变成那个样子，因为他告诉过她关于那个绿袖口的事，后来又被迫写了个声明,说他看错了,说那只是个错觉。他想象她正拿着那个视频据理力争,却突然有人对她说,你那个视频无效了,录视频的人推翻了它,出了新的证明。他能想象她怒急攻心的样子。

罪魁祸首其实是他,如果当初他不告诉她关于绿袖口的事,也许她就不会抱有希望,也就没有后来的失望。但是……他抽泣起来,他有他的苦衷,而且还不能说出来,这辈子他都不能说出那件事了,他要把它像盲肠一样藏在身体深处。

怎么会有这么多污点?春游的污点才过去没几天,又添了一个污点,照这个速度下去,他岂不是要变成一个全身布满污点的人?他察看自己的胳膊、全身,热水将他的身体冲得发红,尽管如此,他已不再洁净。

他关掉水龙点,望着镜中赤裸的自己。你本来也没那么干净对吗?如果你足够干净,你就不会轻易改变自己的看法,如果你足够干净,你就不会向那个头套男人屈服,那家伙看起来并不高大,仗着自己有绳子有剪刀,就把你吓住了?你为什么不拼尽全力去跟他对抗?为什么不动动脑筋把他反制住，救下妈妈，然后将他绳之以法？他后来想了好多种救出妈妈的办法，比如他可以装死，那家伙不会让他那么快死掉的，他要的是他写的字条，如果他装死，那家伙肯定会过来察看，这时候他猛地一脚踢过去，至少可以把他踢得晕过去。或者他还可以跟那个人赌一把，既然他真正想要的是字条，那么他可以尝试将自己变成主动的一方，他可以跟那家伙谈条件，如果他放了妈妈，他就给他写，否则休想拿到他一个字。结果他什么都没做，眼睁睁看着那家伙为所欲为。他再三总结，自己之所以无能为力，都是因为那家伙的节奏太快了，完全不给自己讲条件的机会，再加上他的确被吓坏了，妈妈流了那么多血，像一只正在被宰杀的小鸡，看到那场景，他脑子里顿时短了路，他只在电视电影里见过那种情景，从没想到过有一天自己会猝不及防地面对。

他还有个秘密，从来没对任何人流露过，他也禁止自己在大白天、在开着灯的夜晚想到它，只有当他一个人的时候，一片漆黑之中，他才允许自己去想那么一小会儿。妈妈为什么完全没有反抗意识呢？他一再复盘那天的场景，觉得妈妈是有机会跟他一起改变局面的，比如那个人给妈妈松绑后，妈妈为什么不大喊大叫？没错，她很疼，但喊叫不正好可以转移注意力、达到减轻疼痛的目的吗？没错，她急着来救自己，可是救下自己后，为什么不报警，而是让自己陪她去医院呢？思路每次在这里就卡住了，他在去医院的路上问过妈妈，为什么不在获救的第一时间报警，妈妈说：报什么警？我们已经安全了还报什么警？还说，现在反悔，只会招来更残酷的报复，不要以为对方只有那一个人，就算把那个人抓进去，还会有别人来对付我们。

有这样一个妈妈，还能怎么办呢？她胆小、怕惹事、不敢仗义执言，偏偏他还不敢违拗她，她一急，他就内疚不安，她一哭，他更是恨不得抽自己几个耳光，她看上去那么脆弱，动不动就哭，动不动就往地上倒，流冷汗，她为他消得人憔悴，头发一个劲地掉，脸上的皱纹一天比一天多，她经常对他说，生他以前，她可不是现在这样的，那时候她头发漆黑，脸上有红有白，从怀上他开始，她就呕吐，吃不下饭，睡不着觉，生他的同时，她全身都跟朽了似的，头发掉到秃，槽牙破碎，不得不去拔掉，连皮肤上微微的油脂也都化成奶水被他吸光了，如果不涂抹大量的身体乳，她会恨不得多长一双手出来，因为全身干燥发痒的皮肤一刻也离不开她疯狂的抓挠。总之，他干扰了她，他掠夺了她，他把她变成了一块贫瘠的秋天的田野，他不报答她谁会报答她呢？

有时候他感到妈妈像一棵树，开满好看的花朵，在前方婆娑起舞，等着他，召唤他，有时候，他又觉得妈妈像一块大石头，挂在他的脚踝上，拽着他，让他飞不起来。

妈妈在外面敲门，他不想理她，她停了一会，又敲起了第二遍，他不得不皱着眉头大声问：什么事？ 在洗澡。

我听不见水声嘛。

在搓身体，不行吗？

他听见她走开的脚步声，觉得偶尔反抗一下的感觉也很好。

过了一阵，她又回来了，又敲起了门。

洗完了就出来呀。

在大便,不行吗?

她又走了。

他突然觉得,他应该继续在卫生间待下去,卫生间成了她不敢过来干扰他的地方,成了他最安全的地方。

但是,爸爸进来了,爸爸疑惑地看了他两眼,目光落在他的裆部:有什么问题吗?

没有没有!他挤开爸爸,冲了出去。

## 十五

这天涵妈外出办事，按照惯例，如果办完事已接近下班时间，就不必回办公室，直接下班了，所以她算准了办事的时间，赶在一个恰如其分的时间点出了办公室，果然，办完事，正好接近子涵放学的时间，可以从从容容接孩子回家。

一年当中，这样的机会不超过五次。

她在学校附近的超市里给子涵买了一小袋零食，虽然不怎么健康，但难得一次母女一同回家，也顾不得这么多了。她想起自己小时候，但凡跟妈妈在一起的小时光，妈妈总能给她掏出一点好吃的东西来，不管是什么东西，只要沾上了妈妈的手温，都是无法忘记的美食。

到学校门口的时候，已经有十多个家长等在门口。她掏出手机，边看边等。偶尔一抬头，依稀看见了一个熟悉的身影，定睛一看，简直不相信自己的眼睛，是昊妈。

她悄没声地蹭过去，突然伸手打了她一下，昊妈浑身一震，看到她时，脸色嗖地变了。

你在这里干吗？

昊妈张了张嘴，把她拉到一边，低声说：我办了件丢人的事，我把昊天弄到这里借读来了。

啊？还有这种操作？涵妈张大的嘴久久合不拢，很快，她觉察到自己的反应似乎让昊妈有点尴尬，赶紧调整了一下表情：你好能干啊！这真是太好了，这么好的事怎么不早告诉我？他在哪个班？哦哦，那跟子涵不在一层楼，难怪子涵都没告诉过我，估计他们俩还没遇见过。哎呀，太好了太好了，从今以后，他们就是真正的同学了。不过，你也太讨厌了，这么好的事，为什么不早点告诉我，今天要是不碰见你，你还要继续瞒着我，哼！

也不是啦！昊妈见有人朝这边看，压低声说：因为只是借读，跟不上的话，肯定会被退回去的，所以才不敢跟你说，免得被你笑话。她感到如释重负，终于把话编圆了。

哪里，既然来了，怎么能轻易回去，一定要想办法留下来。

谁知道呢，他要是不争气也是没办法的事。

接下来就有点冷场。她对昊妈说：你等一下，我回个信息。

昊妈也去看手机，眼角的余光却一直留意着涵妈的动静。

她其实并没有回信息，她身子一动不动，心里却莫名其妙慌乱得一塌糊涂，像是自己做了坏事一样。借读？没想到这个其貌不扬的女人能量还蛮大的，孩子考不上，大人就帮着出力，抄近道，走歪路，这对子涵、对子涵的同学们来说，多么不公平啊。

她不能再假装回信息了，否则太明显了，不管怎么说，抄近道也好，走歪道也好，成功就是王道，但愿昊天那小子能配合他妈妈的歪脑筋，长尾中学可是有过劝退的先例的，连续三次考试垫底，会收到黄牌警告，会跟家长约谈，难保昊妈有一天不会被教务处的人请进办公室。

武装好心情，她堆起灿烂的笑脸问：怎么样？他适应这里吗？这里的学霸可多了，而且他们看起来并不是那么鸡血，你都不知道他们是用什么时间来学习的，因为你随时都能看到他们在打篮球、打棒球，甚至打游戏，只能说他们可能在基因上就比我们强太多，我们就算使出吃奶的劲，也只能保持个中等偏上的水平。

是啊是啊，昊天每天回家汗毛都是奓起来的。昊妈很聪明地摸起了顺毛：他跟我说，妈妈，太可怕了，我跟他们的差距要以公里来计。

哈哈哈！她是真的有点开心了：慢慢来吧，只要肯用功，应该还是能赶上来的，毕竟是男生，男生后劲大。她本来想说，"说不定"还是能赶上来的，临出口前改成了"应该"。做人还是要厚道一点。

看到涵妈开心，昊妈也笑了：尽力而为吧，看他撑不撑得下去。

子涵先出来的，直着眼睛，走得冲头冲脑，她迎上去，没顾得上让子涵跟昊妈打个招呼，径直追了过去。

你有没有看到过昊天？我刚才碰见他妈妈了，他到你们学校借读来了。

真的吗？他在哪个班？子涵突然满脸的惊喜。

她翻翻白眼：你高兴什么？你不觉得这对你们来说不公平吗？你们可是真枪实弹考到这里来的。

妈妈你不能这样说，第一，他是我好朋友，好朋友发生了幸运的事，要为他高兴。第二，他并不是学渣，他在他们学校可是成绩第一档的好学生，他能到这里来借读，说明还是有一定实力的，你不能凭一个小升初就把人看死。第三，他到这里来上学，对我来说，又没有什么损失，我还是我，完全不受影响。

嚯、嚯、嚯！轮到你来教育我了，不过你说得好像也有那么一点点道理。

妈妈，我看你是有一点点嫉妒了。

我嫉妒他？他成绩没你好，各方面都不如你，我为什么要嫉妒他？

你嫉妒他的好运。

她不吱声了，不得不承认，孩子说到她心里去了，在她心目中，昊妈不过是个能拿到便宜鞋子的人，没想到她居然还有能力把孩子弄进长尾中学，要知道，这个学校是多少人想敲后门都敲不开的，据说区长都不管用，得市里的大人物才说得上话，昊妈到底是深藏不露，还是在哪里交了狗屎运？不对，再怎么深藏不露，小升初的时候也应该露一手呀，为什么要等到现在、难度更大的时候才出手？

子涵去写作业，妈妈在做晚饭，她在阳台上闷闷地浇花。人有心事，花也难看了，这两盆玫瑰，才开了两天就败了，好没意思，倒是妈妈买的那个什么贱贱的双喜藤，没心没肺开了一茬又一茬。贱命贱命，果真是贱了才会有好命。她想起什么，奔进屋里，拿来手机，给素妈发了个消息。

猜我去接子涵的时候碰见谁了？昊妈！她居然把昊天弄到长尾中学借读来了，厉害吧？我当时真是惊呆了！

素妈发了个大大的惊讶表情，问：真的？

你有什么感觉？

我只能说，昊天爸妈超级能干。

一个卖肉的加一个卖鞋的，凭什么有这等好运？

人家那是跟朋友合伙开的有机猪肉店，也是个小老板，好吧？听说还是业余的，人家另外还有正经工作。

什么有机！说得好听。不管怎么说，跟你我一样的普通老百姓，竟然能干出这种大好事，有点匪夷所思呀，你不觉得吗？

人各有命吧，有些人，看上去老老实实，没啥想法，偏偏总有意外之福德，有些人处心积虑，孜孜以求，却总是进两步退一步，命运真的很奇妙。

你相信命运吗？我是不相信的。

事实摆在眼前，由不得你不信。

叹了一阵气，她突然嚷起来：为什么我们子涵总是没有好运气，从小到大真的都是一步一个脚印扎扎实实走过来的，没有占过一丁点便宜，没交过一丁点好运，和昊天相比，我们子涵太辛苦、太不值得了。

别这么说，她的辛苦能得到报偿已经算很幸运了，还有人付出了同样多的辛苦，半个脚印也没留下呢，像我们小素，你知道吗？为了这次考梨花乐团，每天加练两个小时琴，作业还是那么多，黑眼圈挂了一个多月。还好，总算勉强录取了。

啊？你们考进梨花乐团了？天哪，又是一个好消息，进了梨花乐团，等于一只脚进了梨花高中，太厉害了，中考你们已经不用担心了，闭着眼睛随便考考就好了。为什么你们隔三岔五就有好消息，我们却什么也没有？她两眼发花，伸手抓着栏杆：感觉你们都在铆起劲往前冲，我们却在按部就班。

快别假惺惺了。子涵一直以来都是我们的偶像，我们再怎么冲，这辈子都追不上子涵了。就算小素能沾乐团的光进梨花高中，也分不到好班，他们的好班是留给子涵这种优等生的，在梨花高中进不了好班，跟上普通高中是一样的。

她何尝不知道这一点，但这种话一定要从别人口里

说出来,她才像输液一样,迅速得到一点养分。她稍感精神,离开了栏杆,手指在墙壁上无意识地画着:

万幸他不在子涵班上,你知道吗?这种人多了,会拖慢全班进度的,因为老师虽然可以重点关注一些学生,但也不可能完全不管后进生。

真的吗?不过我想这种人肯定不多,所以老师应该不会为了极个别的人放慢全班进度吧。

谁知道呢?社会上走歪门邪道的人多了,我们这种走正道的人都快被挤得没路走了。

得了,你们走得那么好,一直以来都走在伟大光荣正确的道路上,走歪路上来的人,最终还是会被你们挤得没路走的。啊不行了,我锅里煮开了,下次再聊。

素妈很突然地挂了电话,这让她有点意犹未尽。其实她感到不舒服还有另一个原因,她担心昊天很快就会知道,原来子涵在长尾中学并没有那么出类拔萃。刚进长尾中学的时候,子涵的表现还是让人满意的,过了一阵,特别是最近,她渐渐有点乏力,每次考试都有人从后面猛蹿上来,把她的名次往后挤,最惨的一次,竟挤到了中位线附近。在顶慧仁里,她们总说她学霸学霸,要是被昊天知道这一点,无论子涵还是她,应该都会经历一次面子上的垮塌吧。虽然学习不是为了攀比,但一想到会在别人眼中跌落,她的自尊心还是受不了。

# 十六

又到顶慧时间了。

素妈帮她转过班后，上课的地点都变了，时间也改成了周日上午八点，她必须早起，提前打点好一切，然后去叫昊天起床。路上得花四五十分钟，这还是高德地图提供给她的路线，算上洗漱和吃饭时间，昊天必须六点半起床。

她叫了两声，没反应，过去一推，人马上僵了。昊天不在床上，他做了个人形被筒，里面藏着他的书包。

赶紧打他手表电话，谢天谢地，居然是通的。昊天声音清晰，语调平稳。

我今天不想去上课，顶慧那边，麻烦你帮我请个假。

从未有过的很正式的腔调，从未有过的不寻常的说话节奏，她被唬住了，不敢吼他，也不敢大声嚷嚷。

可以，但你要告诉我你想去哪里，你现在在什么地方。

我很安全，你不用担心，我就是心里有点乱，想出来走一走，让自己平静下来。

你是为昨天那个疯子的事吗？你不会是想去昨天那个地方找那个疯子吧？那里相当危险，千万不要去，如果你是想去那里，我马上报警。

不会，我不去那里，我没那么傻的。

那你到底要去哪里嘛！她的耐心终于快要用完了。

我去哪里，妈妈你真的不知道吗？

她心里不由一紧：你什么意思？

你不是有我的定位吗？只要我戴着手表，我上个厕所你都知道我在哪里。

心里一松，马上又觉得塞得慌，像昊天猛地出手，往她嘴里塞了个大馒头。

她看了下定位，孩子正在地铁上，再问他要在哪一站下车,他有点犹豫:也许就在地铁上待一会。

尽管有定位在她手上,但她感觉孩子还是脱手出去了,因为她只知道孩子在哪里,并不知道孩子打算去哪里。她软下来,低声下气地说:实在不想上课,请一次假也可以,你告诉我你想去哪里,我马上过来跟你会合,我们俩在外面逛一逛,吃个饭,看个电影。辛苦了这么久,也该给自己放个假。

孩子说他不确定,正是这个不确定,让她感到他心里其实很有数,他有明确的目的地,只是不想告诉她。

我不想逛,也不想看电影,我现在也不饿,要不,我们过会儿再聊?

他的语气有点激怒她了:如果是这样的话,你只有两个选择,第一,你赶紧原路返回;第二,我打电话说你坐错了地铁,正在地下乱转,会有人送你回来的。

妈妈你知道吗? 有时候我真的很烦这个手表,很烦很烦。

孩子说完突然挂断了电话。这还是第一次,他在那头二话不说,掐了她的电话。

她不敢再打过去，万一他真的急了，把手表扔了怎么办？现在这个状态，她好歹还能知道他的位置。

她只能一刻不停地盯着，他没有下车，还在四号线上，站名每隔两三分钟跳一次，那不是他们常走的线路，他要去哪里？好了，他终于下车了，天哪！这不是那天她带他去玩皮划艇的下车点吗？

她明白了，关于那个疯女人的事，她以为她已经说服了孩子，其实她只说服了自己，孩子开始复盘整件事情，他想到了自己推翻证言的地方。

她下意识地拨通了素妈的电话。

完了完了！昊天一个人偷偷跑出去了，到那天那个地方去了，就是你老家那里，他已经出了地铁站了，要怎么拦住他？不敢声张的呀，绝对不能让其他人看到那天那个地方对不对？她下意识地把警察改成了其他人，她不敢说那几个字。

素妈愣了一会才反应过来：你说的是那个……那个现场？哈哈哈，幸亏我早有准备，尽管放心地让他去吧，当天我就开始找人拆房，拆了两天，现在那里什么也没有了，连一片破砖烂瓦都没有了。不过，想想也够后怕的，没想到这孩子反应这么快，差一点就落在他后面了。

这件事让我明白，他真的长大了，我已经搞不赢他了。

出了地铁站以后，昊天在地图上的移动变得相当缓慢，但仍然能看出他在移动，半个多小时后，他停留在一个叫永丰里的地方。

她把这个画面截图下来，发给素妈。

素妈回应道：对了，就是那里。

他在那里站了好一会了，可怜我的儿！我们是不是太过分了。

你自己做的事，这会儿别假装心软，给我挺住！

她鼻子一酸，视线模糊起来，这辈子她都不想向他坦白，她怕他对她感到失望。

回来了！她告诉素妈：他在往回走了！

素妈叫她最好不要问他到哪里去了。

不问才奇怪，他知道我能看到他的行踪。

总之，等他自己告诉你比较好，我觉得这事可能对他伤害比较大，唉！作为母亲，我们只有一个愿望：唯愿他好，对不对？

十一点多，昊天回来了，这之前，看着他在地图上一点一点往家的方向靠近，她好几次激动得热泪盈眶。

她没有问他去了哪里，他进门的时候，脸上没什么表情，跟平时放学回家差不多，无论她怎么打量、窥伺，都看不出他有什么特别的内心活动。她问他中午想吃什么，他说了个随便，就进了自己房间，随手关上了门。她过去把门给他打开了：最好不要关，保持室内通风，好吗？他看了她一眼，没再说什么。她后来又借各种机会路过他的房间，他没什么异常，已经把书包打开了，作业都搬出来了，不像在装样子，而是全神贯注，比哪一次都认真。

她做了昊天喜欢的红烧鱼，糖醋排骨，炸蘑菇，罗宋汤，昊天胃口一向很好，今天却吃得很斯文、很节制。

以后，我想吃少一点，一菜一饭就可以了。

问他为什么，他慢吞吞咀嚼，不说话。

又不是吃不起，你现在正长身体。

因为，我想惩罚我自己。他平静地说。

她清清楚楚看到自己的手臂震了一下，就像突然被谁打了一下一样。

昊天真的没有喝汤，也没有吃别的菜，他选择了米饭和红烧鱼，她几次想给他夹菜，又说服自己打消了念头。

第二天早上，闹钟响了两遍，昊天还没有动静，她过去一看，他两眼睁着，故意不动。快点呀，再不起来要来不及了。她好言好语说。

我不想上学了。

她反而出奇的平静。这种状况连她自己都吃惊不小。

她在他床头蹲下来，问他为什么，如果理由充足，她不会逼他去学校的。

孩子起先紧紧地拽着被头，似乎预料到妈妈肯定会突然掀开被子，揍他一顿，没想到是这番情景。他颇感意外地坐起来，说：妈妈，我越想越觉得这个借读办得不明不白，我觉我还是转回原来的学校比较好，那里更适合我。

我会给你解释清楚的,不过这不是一句话两句话能说清的,毕竟我准备了两年。这样吧,你先上学,等你从学校回来我再告诉你。

那你可以说简单一点吗?拣重点的部分,说一两句给我,否则我真的不想去上学了。

她猛地站起来,她真的生气了,他不应该在早上这么紧张的时刻跟她讨价还价,这等于是威胁。

你有什么权力威胁我?知道我为什么要瞒着你吗?因为我怕说出来会伤你自尊心,从小升初开始,我就在求人,找路子,没那么容易知道吧,世界这么大,人那么多,真正愿意帮你也能帮到你的人,几乎没有,所以你妈我,只能低声下气去求人,因为我不想让你在一个普通高中录取率只有百分之四十九的学校里虚度光阴。

你求的谁?

当然是我的朋友,我又不认识长尾的人,只能托我的朋友,我的朋友再去求朋友的朋友。你现在要后退,伤害的不光是我,还有我的朋友,我朋友的朋友,以及朋友的朋友所求的那个人，没有办法，谁让我有这么个儿子呢，只能做好准备去挨人家骂，被人家鄙视，不仅如此，为了让你能够重新转入原来的学校，我还要重新去求人，忍受人家的奚落，行！我去求！我去说好话，去磕头，去送礼，我是妈妈，我不去谁去呢？难道让你爸爸去？不行，一家之主的尊严不能丢，要磕头我一个人去磕，要下跪我一个人去跪。

孩子的脸还是紧绷着，没什么触动。

你实在不想上学，我也不拦你，如果我没猜错的话，真正的理由应该是你完全跟不上长尾的教学节奏，跟其他同学相比差距太大，如果是这个原因，那真是一点办法都没有，只能认命，也说明我对你太不了解，为你制定了过高的目标，总之都是我的错。

好了好了，不要说了。

孩子翻身下床，飞快地穿衣，气呼呼地刷牙。

她不放心地在他背后问他：学习上真的有困难吗？很大的困难吗？

我—没—有—困—难！他背对着她吼道。

她得到了她要的回答，满意地离开了。

经过这番折腾，已没有坐在家里吃早餐的时间了，只能拿上包子和豆浆边走边吃。

她紧跟在孩子一侧，不住地提醒他：喝一口再吃，别噎住了！孩子不看她，大步走着，大口啃着肉包。

红灯亮起的时候，她才有机会靠近他。她低声但用力地说：如果不想背上靠关系进长尾的包袱，只有一条路，努力学习，用成绩来证明，你配得上长尾中学四个字。你给我记住，你本来就该去长尾，只是不小心错失了。

她把儿子送到路口，见儿子进了校门才舒出一口气，顿时有种筋疲力尽之感。


那天中午，他们终于碰面了，昊天从四楼下来，子涵也要下楼，他们在三楼的楼梯拐角处不期而遇。

昊天满面笑容：嗨！好久不见。

子涵有点迟疑：嗯！

两人略略停顿片刻，一起往楼下走，他们的目标都是食堂。

我……只是借读，事先我并不知情，你知道，都是我妈的主意。

听我妈说过了。喜欢长尾中学吗？

喜欢，比我原来的学校好。

单元考还行吗？子涵矜持地问。

昊天不好意思地揉起了鼻尖：没考好，班级第二十七。

子涵的脸陡地红了：这还算没考好，你是在炫耀吧？

没有，我数学考砸了，我没想到压轴题会那么难，轻敌了，下次要好好攻一攻压轴题。你呢？你数学考了多少？班级第几？

子涵突然停住，片刻，扭身向后，噔噔噔往回走了。

昊天在后面追着喊：喂！你不去食堂了吗？要我给你带饭回来吗？子涵没理他，很快，她的身影被教学楼吞噬了。

刚进二楼，子涵就捂着脸抽泣起来，太没面子了，一个借读生，居然是班级第二十七，她这个地地道道的长尾生，却只考了班级第三十二。打从他们认识以来的全部自尊，都在这一刻毁得一干二净。

下午，课间，昊天试着下楼找子涵，他知道她在二（5）班教室。

所有人都趴在课桌上，教室里鸦雀无声，他以为老师在上课，探过身子一看，讲台上空空的。他吓坏了，没想到这个班的纪律这么好，下了课也像在上课一样。

最后一节课结束时，他背着书包迫不及待地往楼下冲，今天他一定要跟子涵说几句话，他把这事当成了一项任务。

谢天谢地，子涵还没走，她正在理书包，她有两个书包，一个背着，一个拎着。他在教室门外藏好，准备等子涵出现的时候，猛地跳出来吓她一下。他们在顶慧的时候经常玩这种游戏。

哇呜！他成功了，在她露面的一瞬间，他猛地冲到她面前，怪叫一声，随即哈哈大笑起来。

子涵确实吓坏了,但她很快镇定下来,掸了掸上衣,板着脸训道:你有毛病啊?

昊天傻乎乎地笑着,追着问她:你中午真的没去吃饭吗?你不饿吗?你不会是在减肥吧?

子涵停下脚步:你才减肥呢!你妈才减肥呢!你们全家都减肥!说完快步走开。昊天愣在那里,搞不清她是在开玩笑还是来真的。

最后,他还是追过去了,从小学二年级开始,他、子涵、小素,他们三个几乎每个周末都在一起,他们有过生气的时候,但每次生气都成了下一次的笑料。他觉得他们永远都不会真的对谁生气。快到校门口的时候,他拉住了她的袖子。走!我请你喝奶茶。

子涵用力甩掉他的手:你都不害臊吗?人家不想理你,你还死乞白赖地追过来。

不害臊,有什么好害臊的,请你喝杯奶茶,又不是要跟你谈恋爱,你不也帮我和小素买过奶茶吗?

你不要太过分了,我正式警告你!

什么过分?我哪里过分了?

一个借读生，有必要这么嚣张吗？还是你真的多情到把自己当成长尾的人了？

昊天如遭五雷轰顶，呆呆地站着，刚才这人真的是子涵吗？刚才那些话真的是子涵说的吗？

# 十七

已经十一点四十了，昊天还没有洗澡睡觉的意思。她去催过一遍，昊天说：还有最后一题。

不是作业，是他主动要求她给他买的教辅，很多同学课余都在刷它。最近他一直都在刷这本书。

十一点五十，她又过来催他。再不睡觉明天起不来的！他勉强放下笔，去了卫生间。很快，他一身潮湿的冲了过来。我知道怎么做了！原来他洗澡的时候还在想着刚才的题目。

终于躺到床上的时候，已经是十二点二十了，她过来帮他按摩按摩，松弛一下。

在学校碰到过子涵吗？

嗯。

你们成同学了,她高兴吗?

没……没说话。

她不再出声了,他快要睡着了。不管在哪里,不论何时,挨上枕头就能睡着,他从小就是这样。

她检查他的书桌,看看有什么落下来的。书桌上方有一块白板,他会把当天要做的事情记在上面,完成一项,就在序号前打个钩。她看到右上角有个图案,被标注了红色双重记号。细一看,是27和20两个数字,中间画着一个粗粗的箭头,她一下就看明白了,27是他这次月考的班级排名,20大概就是他下一次的小目标。明明已经困得眼睛都要睁不开了,却陡地激动起来,她帮儿子做了个多么正确的决定啊,新的学校真的把他的内驱力唤醒了。可是,这个标注旁边为什么还有一个张大嘴正在生气的头像呢?那是他自己吗?他为什么生气?为27而生气?明天要提醒他,不要操之过急,他是转到长尾,不是其他普通的学校,能站上27这个位置,已经是巨大的进步了。

第二天的早餐是馄饨，儿子一口一只，胃口好得让她心花怒放。早餐吃得好，一天都有精神，有精神就有效率。她假装刚刚看到他白板上那个生气的头像。不会是你吧？我觉得你最近应该没有什么值得生气的事，恰恰相反，最近你收到的都是喜讯，比如月考，你不知道我有多开心。不要给自己太大压力，慢慢来，我相信你，你会越来越好的。

儿子抬起头来，鼓着腮帮子说：这种话在家里说说可以，千万不要到外面去说，人家会嘲笑我的，你一个借读生，还立下这样的小目标，你不觉得你太嚣张了吗？

瞎说！正因为是借读生，才更应该亮出你的本事来，让他们看看，你不是因为成绩差才没上长尾，而是因为别的原因。

昊天吃完，一边抹嘴，一边去拎书包。在门口换鞋的时候，头也不抬地对妈妈说：你的想法只代表一个母亲的想法。

她听不懂他这句话里的意思，但她想，她没必要搞太懂，也没时间去纠缠这个问题，总之，追求进步，这是个难得的好兆头。

又是周末了。自从素妈帮两个孩子办了转班，她们就戒掉了周末泡茶馆的习惯，现在的这个机构有点偏僻，附近既没有咖啡馆也没有茶馆，又因为是早上的课，很多小店都还没开门，她们只能坐在机构专门设置的家长休息室，靠聊天和玩手机打发时间。

这天她们共用一部手机，戴着耳机追剧。快下课了，心急的家长们陆续起身，去走廊里候着自己的孩子，她们的剧还没结束，两人都有点不舍得离开。素妈说：我跟小素说好了，下了课她会来这里找我们的。昊妈说：那我赶紧给昊天发个信息，让他下了课到家长休息室来找我。安排妥后，两人又回到电视剧里去了。

当她们终于觉得不对劲时，下课已经十多分钟了，两个孩子都没来休息室，也没跟自己的妈妈联系。

难道老师拖堂了？两人赶紧收拾好东西，往教室赶去。

偌大的教室，只有昊天和小素两个人，他们似乎在聊着什么，不像平时疯疯癫癫的瞎扯，而是在聊什么严肃的话题。见妈妈们进来，两人并没有起身准备离开的意思。

人家都走了，你们还这么笃定地坐在这儿干吗？难道是在讨论难题？昊妈见他们面前放着打开的本子和笔，笑嘻嘻地走了过去。

昊天一脸严肃，不说话，也不看走过来的两个妈妈。快点快点！昊妈动手帮昊天收拾摊开在桌上的东西。在教室闷了这么久，还不赶紧出去透透风？

碰到那个本子时，昊妈瞥见上面画了个简易路线图，但她并未往心里去，她在家里也经常帮昊天收拾书桌，每次都能发现他的各种乱七八糟的涂抹。

但是，左上角"永丰里"三个字吸引了她的目光。

昊天看出了她的迟疑，问：认出来了吗？这个地方。

昊妈感到太阳穴在噗噗地跳。

永丰里！你说要带我去划船的地方，你突然要去上厕所的地方，后面的事情就不用我提醒你了吧。

你在说什么？昊妈听不到自己的声音，她脑子里就像突然黑屏了一样，什么都没有了。

没想到吧，真是太神奇了！到底是一股什么样的力量在驱使我，提醒我今天要跟小素聊聊天，如果不是小素，我想我一辈子都会被蒙在鼓里。

素妈也急了，问小素：他在说什么？你们聊到什么了？

我也不知道他在说什么，刚才有个家长进来，手上拎着一只小笼子，里面有一只小白兔。我告诉他，我小时候养过好几只兔子，有白兔子，还有麻兔子。不光养过兔子，还养过好多鸡。他不信，说没有麻兔子，只有白兔子，我就说，不信我带你去我老家永丰里去看去，虽然我外公外婆都不在了，但那附近一定还有人在养兔子，那一带的人，几乎家家户户都养兔子。他就很感兴趣，问我要去永丰里的路线图。我说你现在去了也看不到我的老家了，因为我听见我妈妈在吩咐工人拆房子，她打算过几年在那里盖一栋新的小楼。

昊妈听到自己的心剧烈地跳动起来，连同太阳穴一起，全身上下像一面鼓，被擂得咚咚作响。

素妈打断小素：瞎说什么呢！你记错了，我们老家不在那里，也不叫永丰里。

我没记错，我记得我还写过一篇关于春节的作文呢，第一句话就是，在我妈妈的老家永丰里。

你记错了！叫永丰里的地方很多，就跟每个城市都有一条路叫解放路一样。

阿姨，要不，我和小素到永丰里去一趟？确认一下？

昊妈扑过来拉他：走走走，快点走，人家要锁门了，在路上边走边说。

不要！我话还没说完呢。我那天就觉得那个戴头套的人声音很奇怪，小素妈妈，你会说贵州方言吧？就是小素爸爸老家的方言，要不，你现在说一句我听听。

我可不会。素妈哈哈一笑：方言很不容易学的，比学英语还难。

你说一句试试嘛，你就说：你妈妈摔倒了，你快点来一下。

两个妈妈对视一眼，素妈说没听懂你什么意思，昊妈再次扑过来，拉他的胳膊：快走啦！

昊天轻松挡开妈妈，左手拉住正要离开的小素，右手飞快地抓过桌上的笔盒，轻轻一抖，里面的笔稀里哗啦散落一地，还没看清怎么回事，一把美工刀已被昊天紧紧攥在手里。只见他飞起一脚，用力一蹬，身边的课桌你挤我我挤你堆叠到一起，他和小素面前出现了一小块空地。

他推出美工刀的刀刃，比在小素脸颊边。

如果你们不想看到小素被毁容，就把那天在永丰里发生的事完完整整清清楚楚地讲出来。

两个大人吓傻了，呆呆地看着他。

素妈最先反应过来：昊天！昊天你听我说，小素跟你可是从小一起长大的好朋友啊，你怎么忍心？

我妈跟你不也是好朋友吗？你又怎么忍心？

昊妈身子一晃，往后倒去，素妈赶紧抢前一步扶住她，同时大声喊：小素别动！千万别动！昊天你看你妈，你想把她气死吗？

别装了妈妈，你已经装了很多回了。

半个小时后，两对母子从大楼里鱼贯而出，昊天走在最前面，小素第二，后面是两个一路小跑的妈妈，他们在往地铁站方向走。

突然下起了雨。

昊妈在后面喊：等一下昊昊，给你伞！

昊天根本不听，大步流星往前走。小素拉起帽衫的帽子，套在头上。

素妈追上小素了，拽住她吼：你跟着起什么哄？你跟他不一样，我们家跟他们家也不一样，他爸妈双全，你却只有我一个，我再也不想假装了，我全都告诉你。

小素停下来，平静地看着妈妈。你终于说出来了，其实我早就猜到了。

素妈松了一口气。为了阻止小素跟着昊天跑出去，她不得不扔出这个重磅炸弹，虽然效果不如想象的强烈，但至少叫停了孩子。关键时刻，还是要把孩子薅在手里。

昊妈从她们身边跑过去。也许是她的喘息声太大，也许是她不要命的奔跑姿势太吓人,路边行人纷纷停下来,为她让路,昊天似乎觉察到有点异样,他停下,回头看了一眼。他的犹豫缩短了和妈妈之间的距离。进站了,她冲上电梯,巨大的惯性让她差点摔倒,掀起一片惊呼。这一次,昊天没有停步。

昊妈冲到黄线边的时候,车门平静地、义无反顾地关上了。

昊天站在门里,隔着玻璃看着外面双眼垂丧的妈妈。他牵起一只嘴角笑了下,慢慢地、坚定地朝她竖起一根中指。他看见她的眼睛越睁越大,像一对铜铃。

站台消失了,列车驶入黑暗隧道,但那双铜铃般的眼睛一直跟着他。